触摸

王喜 著

陕西新华出版
太白文艺出版社·西安

图书在版编目（CIP）数据

触摸 / 王喜著. -- 西安：太白文艺出版社，
2024.6
ISBN 978-7-5513-2626-1

Ⅰ．①触… Ⅱ．①王… Ⅲ．①诗集－中国－当代
Ⅳ．①I227

中国国家版本馆CIP数据核字(2024)第111224号

触摸
CHUMO

作　　者	王　喜	
责任编辑	何音旋	
策　　划	泥流文化传媒	
封面设计	风信子	
版式设计	建明文化	
出版发行	太白文艺出版社	
经　　销	新华书店	
印　　刷	三河市华东印刷有限公司	
开　　本	889mm×1194mm　1/32	
字　　数	160千字	
印　　张	10.125	
版　　次	2024年6月第1版	
印　　次	2024年6月第1次印刷	
书　　号	ISBN 978-7-5513-2626-1	
定　　价	50.00元	

与鸿毛换命，和自己割袍

——兼论王喜诗歌中的断舍离情结

张二棍

我不知道，在王喜（笔名弋吾）短短几年的创作生涯里，究竟有过多少形而上的思考。但我分明从他写下的一行行文字中，感受到一个年轻的诗人，处处盈荡着无数个自我的永无止境的辩驳甚至对峙，甚至格格不入，甚至反目成仇。换一种说法就是，弋吾在写作中，是个懂得何谓羞耻，何谓愧疚，何谓宽宥，何谓可忍何谓不可忍的那个狂狷之徒、清高之士、赤诚之子。

因而，王喜的许多诗歌几近于一次次孤绝的断舍离。断，是与那个陈旧自我的割袍断义；舍，是对那些纷扬言辞的舍旧谋新；离，是一个诗人在自己作品中无数次的分崩离析、流离失所。作为一个六七年诗龄的写作者，王喜在写作中俨然有一种难得与鲜见的品质，他没有沉溺在一种自我固化的情绪里，更没有刻意执着于某个题材、某样修辞、某些思潮。王喜擅长从一桩桩、一件件孤零零而乱纷纷的事件、情景、念头里，不断挖掘，最后缔造和还原成一首首千姿百态、各具风骨的诗歌。这样短短几年时间下来，王喜的创作俨然已经弯道超车，没有别人的痕迹与影子，实现了对自我的塑造。诗集的第五部分命名为"触摸"，恰如其分，可以看作是王喜在以一己之力、一己之心，动用自己全身的感知细胞，以分行的形式，来书写着自己的"断舍离"。

在《陌生感》一诗中，可以一斑窥全豹，理解王喜对身外之物强大的"触摸"能力，"的确越来越没有信心，到底是 / 村子失望透顶，还是我 / 麻木无知，我们就像雪花落在枯枝上 / 失去了流水拍打石头 / 激荡的节奏，拖着疲惫的日子 / 走过慵懒的村庄 / 仅有的一块冬麦田像依然坚守的亲人 / 一切都像掏空了灵魂 / 北风举起刀，我的脸上没有感觉 / 阳光穿在身上的坎肩 / 我无力偿还，低着头进村，低着头远走"。这首诗，以肯定句开始，却书写出一个背井离乡者彻骨的犹疑——没有信心、失望透顶、麻木无知、疲惫、慵懒，掏空了灵魂、无力偿还……当诗人带着这么复杂甚至破碎的情绪，返回到"陌生感"无比强烈的村庄，感觉到抑或说"触摸"到，雪花落在枯枝上，北风举起刀，也许"低着头进村，低着头远走"只能是这首诗歌唯一的、最后的结尾。我举这首诗的例子，并不是觉得它有多么高明或者完美，只是觉得，它能够代表王喜的写作中异质的、鲜明的个人特色。王喜不会像大多数的诗人一样，为了成全读者，而去修改自己的感觉。他懂得如何自如地切换第一感和第六感，让体验和超验交织起来，使得作品及物也及心。比如另一首《不要出声》，也是典型的王喜式书写。他打破了横亘在人与植物乃至大地之间的藩篱，使得生而为人的"苦"，成为无法出声也不该出声的一件微眇之事。整首诗一气呵成，正话反说，颇有佛家偈语的意味，"……想想黄连，揣着一腔苦水还想着……在深水中，在大火上榨出慈悲……想想桂皮树 / 剥得精光赤条 / 笔直地站着，生出更多香 / 如果你实在想吼……面对大地的隆起"。没错，如果你实在是苦，王喜也理解，既会感同身受劝你吼出来，也希望你在面对大地隆起的地方出声之后，依然如黄连般慈悲，如桂皮树一样又笔直又清香。可以说，在王喜的诗歌中，少见他看破与说破的一面。好像，他的写作，仅仅是一次次时而轻柔如抚，时而冰凉噬骨的"触摸"。但他所有诗歌里的触摸，不只是浅尝辄止、缩手缩脚的触碰，也绝非居高临下的抚弄。王喜是满怀着对周遭世界真切而深沉的感受，让自己置身在那些鸿毛与泰山之间，不停移形换影，他努力尝试沉浸其中，成为他笔下的一个个景象中的他者或他物。《守旧是一只鸟的春天》一诗，即为明证。且看："没有暴动，没有抵抗，没有水火不相容的仇恨 // 一只鸟守着破败的住所 / 如同守着春天 / 和春天补发的邀请函：花儿开了，你是否会来……"王喜有很多时候，仿佛一个甘于接受自己的"破败"，也"总是学不会接受新生的一切"的诗者。一如诗中所言，他把自己当作一个抽象的符号，不断迷失在自己写下的字里行间，然后"打开胸膛的春天"。在此诗中可见，他总是觉得，哪怕一只鸟的胸膛里，也潜藏着关乎良知或者道德的那些形而上。因此，王喜愿意无限接近，甚至与这些微细的、柔弱的、无名的、被忽视的事物结为同盟，甚至干脆就让自己消弭在万事万物的形迹之中。

"必须通过研磨，才能够把一截腿骨做成墨棒"，王喜在《砚》中的这句话，也许恰可以当作他个人的精神写照。当他将自己的所思所想铺陈在作品中，也就不难理解，他为何会不懈地消融和瓦解掉那个肉身的自己，幻化成那一个个不可捉摸的模样了。是的，他正是通过这样艰苦的移形换影，来兑现他对万物的敬意与爱意。我总觉得，一个好诗人必然是深谙交织、混合、杂糅、粘连的人。而在王喜的诗歌里，我深切地感受着他把我们都熟知的汉语词汇，精妙地搭建起来，使得它们紧紧粘连在一起，成为有效而稳固的整体。诗歌，在王喜的笔下，不是轻飘飘写出来的，而是他精心设计，耐心建设，用心装修的一座宫殿，或者是他塑造的一个大千世界。"把粮食秸秆抚出琴音，或忧伤，或欢快，原野辽阔"，再次借用王喜的一句诗，来体会他的心境与胸襟。在写作中，他绝非一个患得患失的小我诗人，而是擅长将观察升华为体察与洞察，更擅长将肉身之我置放在无垠的时空之间，以此来揽镜自照，从而下笔描摹出那一个个飞翔的自己，爬行的自己，转瞬即逝的自己。据我所知，王喜的写作，勤奋到几近于痴迷，但他又绝不是一个故步自封的诗人。他的许多修辞，别开生面又惊心动魄；他的许多意象，生机盎然又独辟蹊径。《我想要的冬天可能只是一座孤岛》，开篇就如决堤之水，气势十足："没有名字 / 如果有，一定是一场大雪，只有妈妈才

配得上 /——这纯净……"我甚至觉得，这起句就足以独立成诗，而且足够有张力。当万物的艰辛苦痛，被诗人加诸在自己的身上，那么，王喜一往无前的消弭和瓦解，又何尝不是彰显于万物，洞见于万物，昭然于万物？毫无疑问，替身边的人作传，为自己的心立证，是每一个诗人的天命所在。而在王喜这里，他是仁善的，更是睿智的，他知道感恩，更懂得如何去谢恩。他的一首首可歌可泣的诗歌，就是这么多年的鸣谢词、答谢书，更是他以一己之身，化为诗中那些纷纷扬扬、绵延不绝的书写对象。这细密而踏实的书写，也昭示着王喜作为一个诗人正在走向成熟——如何用物象来传达心象；如何在形而下的现实中，徒手翻转出一个个形而上的异域化境。正如我此文开始所言，王喜的断舍离，是携带着与生俱来的愧疚与宽宥，与那个尘世中的自我不断辩驳，甚至不断对峙，才幻化成无数的新我。而幸运的是，断舍离之后的王喜，怀有赤子之心，也懂得报以歌咏之爱。

所谓冥冥，所谓天意，一个唤作王喜的诗人，对这个陈旧而熟知的世界，没有厌倦，没有离弃，更没有一丝丝愤怒与刁蛮。他只是用写作，将这一切横亘在自己命运里跌宕起伏的形而下与形而上，编织起来，成为他献给我们的鸿毛与泰山。

甚慰，共勉。期待王喜，或者弋吾。

作者简介：

张二棍，本名张常春，1982 年生于山西代县，就职于山西省地质勘查局。著有诗集《旷野》《入林记》，曾获多种文学奖项。现为武汉文学院签约专业作家。

诗歌，作为照亮生命的灯盏

——评王喜诗集《触摸》

张德明

有幸读到诗人王喜诗集《触摸》中收录的诗作，这对我而言，或许是结识那些在基层默默写作、不断耕耘的创作者的一份难得的机缘。据朋友介绍，王喜尽管历经了生活的折磨，饱受了困苦的煎熬，但一直没有丧失对生活的信心和勇气。看看他的简历，十五岁开始外出打工，前前后后从事过多种多样的工种，包括司炉工、钳工、车工、装卸工、电焊工、安装工、搓澡工等泥水和煤矿行业的兼职。二十七岁他回乡自主创业，做小买卖兼种地至今。短短十二年的时光，他就干过如此众多的工种，其中的辛苦和坚忍是可想而知的。其实，每换一个新的工种，就如同进入一个新的黑暗隧道，只有凭靠意志和毅力的"灯盏"，才可能穿过暗道，走向希望的明天。从王喜复杂的工作履历中，我意识到，"黑夜"也许是他在频繁更换工种的历程中一个刻骨铭心的词汇。而对于"灯盏"的需求，正是那些在茫茫黑夜中跋涉的人们最强烈的心理渴望。2015 年，王喜开始接触并很快喜欢上了诗歌，他的生命中从此又多了一盏闪亮的明灯，他的精神空间，也因此增添了战胜黑夜的无穷的力量与希望。在诗集的"跋"里，王喜写下的这段话，让我印象深刻：

很多时候我们缺少一盏灯，特别是在黑夜里。

即使我这样习惯在黑夜里的人。

站在黑夜里的人，黑夜就是他的光明。我深有体会，在诗歌的路上行走，如同在大海上驾着小舟追逐光明，随时都有危险。

遥远夜空中最亮的星，救命稻草一样，值得感恩。

这段尼采式的表述，不乏思想和情感，某种程度上反映了诗人王喜对于诗歌与生命关系的一种理解与认知。而在我看来，喜爱上诗歌的王喜，正因为有了缪斯的陪伴，已经找到了一盏战胜黑夜的明灯。他写下的每一行诗，无不发散着迷人的光亮，充满着无可取代的精神动力。

以诗歌为生命的灯盏，王喜从那里获取到战胜孤独、困苦、艰难的温馨亮光，他对现实生活也有了新的领悟和休验。在《苦杏仁》一诗中，诗人写道："小时候，很不明白，生活 / 那么苦，母亲 / 总是会不定时嚼几粒，苦杏仁 / 靠天吃饭的黄土地上 / 一年见不上几滴雨水的泥土中 / 长出来的杏仁 / 它们的苦，尝过的人心里清楚 / 日子稍微好过些后 / 明白了母亲当年的举动，尝过苦 / 吃什么都是香的 /

一碗苦苣菜，一块杂粮面菜饼子，能吃出蜜来。"这是对过去生活的回忆，也是对曾经苦难的再度咀嚼。杏仁是苦的，但吃过苦的人才知道什么是真正的甜，才能从苦苣菜、杂粮面菜饼子里"吃出蜜来"。王喜写过很多关于父亲的诗，在这些诗中，诗人将父辈的辛苦操持、无私付出描述得极为细腻，但他并没有有意放大父辈所经历的愁苦与艰难，而是从父辈的辛酸苦难之中，看到了生活的亮光与热望。以《和父亲通电话》为例："天阴着，快要下雪了／他剩下的日子和落在春天的雪花没有区别／阳光并不能成就万物／／我们谈及，给母亲烧纸／突然有那么一刻／空气凝滞，世界安静得能够听到雪落／像一枚枚暗器／／还是父亲，往炉膛里添煤的声音／打破了沉默的僵局／他努力地想让火更旺，像是一种希望／／仿佛我能够看到／蹿升的火焰，打照在他脸上，像春天的阳光。"面对母亲离世、父亲日渐衰老的现状，诗人内心无疑是充满了焦虑和恐慌的，但他并没有在诗行中流露任何消极的情绪，而是从父亲那里看到了如火的希望，看到了"春天的阳光"。这样的心态和情绪，或许得益于诗歌这盏明灯的照耀和温暖。

借助诗歌这盏明灯，诗人王喜重新发现了万物的魅惑与美妙，强烈感受了世界的宏大和神奇。在我看来，诗人的诗歌创作，不是对客观世界的简单描摹，而是以客观世界为依托，用艺术的语言再造一个新的世界。换句话说，诗歌犹如神奇的灯盏，能将平庸的世界赫然照亮，让它散发出前所未有的光彩来。王喜的诗歌，以诗歌之灯，将世间万物的奇光异彩鲜明地映照出来。他从草中闻到了沁人的芳香，"与人一样，每种草都有独特气味/油蒿发出奇香，要等到秋风收干植株体内的水分/像回头的浪子金不换"（《草香》）；他在雪花里看到了春天，"惊心的一生，等春风一吻，短暂也美好/雪化了花儿自然会开/开成雪//试图模仿雪花/等待也美好/站在悬崖边上的人跪下去，满山桃花开成了粉红色的春天"（《枝头雪》）；他从野葵那里领受到父亲般的精神力量，"在寒风中颤抖，在寒风中绽放/像永不服输的人/在我的老家，在冬月天仍旧开花的/只有野葵，天越冷/它们的茎秆越绿，霜杀过的脊梁越硬/与寒冷无关，与冰冻无关/父亲不愿输给季节的锋刃，顶起一场铺天盖地的大雪/迎着阳光，亲近阳光，野葵一样地绽放"（《野葵》）。在鸟鸣声中，他触摸时光跳动的脉搏、听闻乡村变化的历史："时钟一样，从来准点叫醒晨光/出门去的人不用看表/有一段时间，出走的脚步留下所有痛苦/村子无法承受时/鸟鸣也背不起这巨大的空旷/远走，无奈的选择/寂静不是惩罚，却是一种警醒/直到乡村振兴的月光/爬上阔大的落地窗，鸟鸣又起/古老的村子像/丢失很久的银饰，朝霞调动/温暖的方式/在鸟鸣声中，站在田块边，看阳光洒满大地。"（《鸟鸣》）应该感谢诗歌这盏明灯，让诗人看到了被照亮的世界无所不在的神迹，并以分行的文字将它们一一录写下来。

更为重要的是，诗歌的灯盏，给诗人的自我前行带来了无尽的光明和希望，让他行得踏实，走得稳健，对世界产生了更多感恩。

在《我爱这人间流水》一诗中，王喜写道："时光流星一样短暂，昙花一样/来不及欣赏——/青春花，不可能重开。看看满山野菊花/须发白了，年轻的心仍旧/有黄金的重量。我爱这人间流水/爱那不回头的决绝/催开一朵花，与摧毁一场梦/属于同一股流水/当年轻不再，便明白流水为什么如此湍急。"这首诗里的"流水"隐喻着时光的流逝和世界的变化，诗人对这人间流水的挚爱，表达的正是对生命本身的珍视。在《我并不想一直写雪》中，诗人沉吟道："太轻，压不住呼号的大风/太重，压断脊梁，埋掉轻飘飘的一生//大雪一落，开在眼里的白花/完全是一种怀念/我并不想一直写雪，纯粹的悲伤，沙漠一样/写不完//嗓子越干越想咽下一口雪/为留住冷，一年年地又盼望着下雪/在这无尽的矛盾中/一次次原谅，一次次仇恨，一次次纠缠一场雪。"在诗人眼里，"雪花"承载的生命内涵是复杂的、丰富的，之所以不想一直写它，就是不希望把那些负面的、消极的东西表露出来，影响了别人的情绪和生活。发愤读书、写作的诗人王喜，也以一首《耕者》对自己进行了某种自我描摹："幻想中的诗意，从来都不缺乏美/在平坡川的田野上，躺下来闭上眼，会有云朵扑下身子//亲吻或抚摸，像久违的爱人/这不是什么秘密，留在我眼里的永恒也不是//当夕阳拉长影子，黑夜拒绝祈祷。"从这首诗中，我们看到了那个追求美、热爱艺术的耕夫形象，这或许正是酷爱诗神、笔耕不辍的诗人自我形象的写照。

总体来看，王喜的诗歌抒情味强，生活气息浓郁，充满了温馨的氛围和感人的力量，能给人带来阅读的快感和美的享受。诗人似乎将那盏明灯照进了自己的诗行之中，他写下的每一个诗意隽永的文字，也都闪烁着奇异的光芒。

作者简介：

张德明，文学博士，岭南师范学院文学与传媒学院教授，中国作协会员。已出版《现代性及其不满》等多部学术著作，出版诗集《行云流水为哪般》。作品获 2013 年度"诗探索奖"理论奖、《星星》诗刊 2014 年度批评家奖、第五届"啄木鸟杯"优秀论文奖等奖项。

序：破土

1

习诗七年，应该有个交代，给自己，给草木，给诗里的人，给白纸黑字。

五年里我写下三十多部长诗，有十万行，也想印成铅字，奈何理想总是比现实先一步抵达，我所追求的宫殿，也只是纸上的废墟。

2

2016 年我是诗歌小白，今天我依然是诗歌的门外汉。要从近万首诗歌的海洋中选出自己喜欢的浪花，才发现这些年攒下的海水，含盐量太低。

愿礁石可以接受我的卑微，愿我的交代能感动一缕阳光，愿我留下的痕迹中能长出青苔。

如此，足够对得起，凌晨四点钟的夜空，洒在诗歌中的星星。

3

"我是站在低处的人，却想在高处俯瞰生活。异想天开的事，总要有一个人去做，我愿意成为世人眼中的笑柄。"

七年来，笑脸迎向生活，哪怕它以冷水浇我。跪着写诗，哪怕成为它的奴隶，这一切都不足以让我停下脚步。

漫山遍野的小草，我是哪一棵？不能成为烈火，走向春天有什么意义？

4

选诗如同写弁言，是危险的。

春草探出头颅，冻土还未完全消融，也一样是危险的。

没有哪一株草木因惧怕倒春寒放弃生长，走向春天的路从来漫长而危险。

给它们一个交代，给它们一块土地，长成什么样结出什么果，都由命运决定，危险从未消除。

它们是指引我通往神殿的阶梯。我不是过河拆桥的人，面见诸神，它们是我的诸神。

膝盖中有伤，跪拜也是有危险的。

5

榆叶梅还未尽开，看着很美。它们的明天和我要写的弁言都太短，是危险的。

吃风霜雨雪，尝人间诸苦，保持对甜的渴望。

侥幸得过几缕春风肯定，以为就是春天的宠臣，这危险会断了诗歌的路。

抬头看天空的人，一定是看见了什么，我常常这样想。不要跟着别人看天空，没你想要的云朵。我常常这样告诫自己，不要乱说话，有危险的。

在人间写诗，在诗歌中求存，有一样的危险。

6

怀大志者有豪夺天下的威风，有过人的胆识，诸事在胸。

山上的柠条花开了，挂刀的侍卫站在大野，也有豪夺春天的威风。

欣赏牡丹的人，不看柠条，并不影响野花迎风独自开。

我不是牡丹，也并非柠条，生性怯懦的人，不及悬崖边上的野草，成不了气候。侥幸成为一把柴火，算是给秋风一个交代。

无才的人胸有大志又能怎样？不过是纸上谈兵，我的死穴。

想想项羽之死，无知的仁慈是割喉的剑。想想我还活着，也算一种威风。

7

选中的和没选中的不存在好坏分别，在于呈现方式与切入角度的不同，这是命运。

诗歌选中我和我选中诗歌都是命运之河中突兀的石头，都有棱角分明的性格。

习诗七年，在刀刃上行走了七年，遍体鳞伤就为了轻身，终究还是没能成为一株草木。

感谢刀刃与草木，感谢泥土与水源。

8

习惯孤独的人，为春风赋予嫩芽的信任。从这本书开始，试着与自己和解，并相信自己。

触摸白纸黑字的心跳，触摸草木粮食的脉搏，触摸万物可以治愈自卑的药方。

如果有一天轮到给《良方集》作序，迫切地想在幻想中翻到扉页。

我笔下历史中的众诗人纷纷起身，辨脉抓药，医治顽疾。

这世间，最难的事，莫过于让我相信奇迹。

2022 年 4 月 16 日

目 录
contents

第二辑　将欲行

第三辑　野葵

第四辑　泥巴自述

第五辑　触摸

·

第一辑

须是大雪能堆出人形

深不可测

除了大雪，春天也有同样的深度

读懂在大雪中走失的人

要用一生，还不够。读懂在春天归来的魂魄

草木由死到生

一场大火，没有片刻犹豫

命运的泥潭，埋住

双膝，这极致的仪式，从未有过发芽的动机

却常常让人陷入

温柔的墓穴，猜不透，却又要不停地靠近

2023 年 1 月 16 日

独白

老家的月亮被我写旧了

它给我的希望与悲伤一样多

温暖从来如初

我的赞美诗从来缺少感情

与我的冷漠相关

坚硬的灰色墙壁内，月光试图给我方向

——我接受

一次次地抚摸，月光试图

穿透墙壁

把夜晚点燃。大雪扑向我

张开双臂

感受自由的撞击，比月光的拷问

更重

2023 年 1 月 17 日

回家的念头

之所以凌乱，与一场雪没有关系

雪是轻的

大风顺着一个方向吹

什么时候，回老家需要一个借口

时间永远不会证明

我突围

我的双脚长在城市的水泥中

野草拉住落日

暮色与星光一起扑下来，我向着远方

鞠躬……

2023 年 1 月 17 日

真正的诗人

今天的一场小雪

白了老家，枯草遍野的山头

想去田里走一走

不为别的，只为听一听

脚下雪花的尖叫

在城市的水泥地上找不到这种感觉

这不是一个例外，站久了

会成为田野的一部分

为一座村庄写一首诗，在春风中

复活的冬麦

告诉我，父亲正在提笔

2023 年 1 月 18 日

扫雪的人

从大门口一直扫到巷子口
蹲坐着抽烟
歇乏，等人归来

这是多年不变的习惯，父亲为我们
扫除积雪
只为来路好走一些

一年年地扫
积雪堆满头顶，他就离泥土
越近

我知道，最终他是泥土的一部分
每扫一次就加速
一寸，这的确让人悲伤

扫雪的人扫的不是雪
是春天

2023 年 1 月 18 日

须是大雪能堆出人形

春雪化时春水流

岁月更替

倒在雪中的逝者化成春泥

草木还在

野花开一次败一次

根在

希望便不灭

母亲的笑容化成云朵

在天空之上。舞台在灶台，在田野，在粮食上

此刻，看不到炊烟

2023 年 1 月 18 日

夜色深沉

大风喘息的夜晚，月亮比平时

高出许多

我们安静地坐靠在一起

等晨光探头

却又担心太阳过早

提醒黎明

我们不想挥手，可是时间的马车往往不解人意

当霞光咽下最后一口

黑暗，我听到了

你的心跳，像极了大雨敲窗

这是我们独处的方式

露水擦亮眼睛

野草的雄心从来是天空

用什么来解渴

想象是我笔尖下唯一的活物

2023 年 1 月 20 日

春节赋格

大雪挡不住的。白天的路

夜晚也要走

即使寒冰入骨，即使大风如酷刑，拷问

挡不住的

站在山顶就能看见

炊烟，母亲的荣耀是厨房

一把灶火

车子走不动了。坐在地上

滑着下山

哪怕衣服磨出破洞

父亲的荣耀

村口扫出的空地，抽烟的人

与觅食的麻雀

温暖如阳光。希望是冻土

之下的春天

即使阴阳两隔，枯草的呐喊

北风的唱词

东风会续上——

2023 年 1 月 22 日

马背上

马背上，神的天空，也是草的天空

举杯敬神的人

珍爱，视每一株草

为亲人

有人在马背上得天下，有人在马背上

放鹰，有人在

马背上将高悬的明月，看成

故乡的灯火

马背上，游牧民族的家园，驮着

太阳东升西落

匈奴瘦成一缕清风，历史

长河中

只剩，天空在上

大地在下

2023 年 3 月 22 日

月下独酌

沙场归来，卸下甲胄的人，把月亮

当成了亲人

举杯对饮，月色苦涩

月色也甘甜

这并不矛盾，一想起故乡

苦从心底泛起来

饮下一口

烈酒，再想

春风在舌尖上奔跑

月亮不会

一直挂在大漠，美酒饮尽时

沙子也会

咬人，月光能读懂

月光又不解释

2023 年 3 月 23 日

石头上的经文

石头上落雨，石头上长青苔

石头上开花，都属于

自然现象

石头上生经文，向大自然祈福的人

相信这是大自然

的赏赐，人刻上去的

人跪拜

献上膝盖

我的意思是，从来都是人，在拜人

经文中写着什么

并不重要，石头来自

大自然

刻上字，石头就成了神

2023 年 3 月 23 日

春风拂动浪潮像马蹄声

最先从人的眼眸中，发动

奔跑是浪潮

春风吐不尽心上的火焰，又忍不住离开

这是残忍的

马蹄声越来越远，我无法

阻止，有话说不出

在我的眼里，整个世界

有必要重新排列

让那些该凋谢的花儿，坐在枝头

等一个合适的日子

留给人间，最美好的声音，与背影

2023 年 3 月 24 日

以草的方式

生命的呈现方式，有太多种，而我

只喜欢草，春天的使者

秋天的良臣，冬天里的一把火

大风中的呼喊

亮出最高的声调，就那样

站在天地之间

活着死去，死后重生，它们闻春风

而动，望秋阳而枯

相对于人，这世间站着生的

太少，跪着活的

大都迫于无奈，做一棵草，不难

以草的方式活着，须得

脱胎，换骨

2023 年 3 月 28 日

草堂

独揽黄金田，身披阳光

五彩的金丝霞帔，拥有天下粮仓的人

居陋室，独自出进

他没有选择，天地选择了他

开满花儿长满野草的

山坡，就是他的归宿，或者

草堂，精神富有的人

看泥土也是黄金，他居住在这里

不是作秀，年逾古稀

只为守住祖先一息尚存的根脉

他明白，只要他

还活着，这人世间就少一份荒凉，多一缕阳光

2023 年 3 月 29 日

草绳

系在腰上可以取暖，绑在木棍上

即是鞭子，抽不听话的

牲口，抽出风声，对峙人世间的不公

一根草绳，有太多

用处，挂在树上最让人难以接受

草绳也只是草绳

使用者，给一根绳子赋予

太多功能，又寄予

太多希望，却忘了它的前世，只是迎风摇摆的草

2023 年 3 月 29 日

谁会是下一个在大雪中走失的人

红披风在大雪中，像一道红色的闪电，大雪什么都能够掩埋

顶着风雪前行的人，心如石头

谁会是下一个在大雪中走失的人

连脚印都不会留下，那个人好像从未到人世间来过

什么也没有带走。该落的雪依然会落

看透俗世的人，真的能在木鱼声与钟声中觅得安宁

大雪落着，大雪落在石头上

2023 年 4 月 13 日

草木说

在春天里，我们不该谈论大雪，不该谈论寒冷

大雪落着，开在杏树枝头

人间不是雪花的故乡，草木的尽头

不是天空，我们抬头

在诗歌的天空中没有望见

词语的集结点

出行的号角已经吹响，大雪

挡不住脚步

如果想跪，母亲的坟头前

有柔软的草木

如果想说，就面对草木，风掌握着

话语权，听或者不听

都由词语决定

2023 年 5 月 2 日

月光的道场

麦子熟了，月光是我的枕头

麦子上场，月光是我的枕头

大雪落满村庄，母亲的胳膊是我的枕头

大雪盖住坟头，我就成了没有枕头的人

变成一缕月光，并不是一件易事

这么多年，我都在尝试，在某一个夜晚

爬上一扇窗户，给一个老人

些许温暖，给他忽明忽暗的香烟头，添一点光

2023 年 5 月 8 日

曼陀罗

开白色花，结黑色籽，攥紧布满尖刺的拳头

拒绝与世界，和解

全株有毒——

书上说的。从花瓣到籽粒

我逐一试过

它们对我还算友好。可能是因为我的

毒性更大一些

2023 年 6 月 21 日

本色

草木有向上的决心，有向下的勇气，面对黑暗

它们点燃身骨，照亮

也可取暖。这是我对草木的初始

理解，一直这样写着

直到看见父亲，在春天里，直起

腰身，突然间明白

草木从来没有如此复杂的想法

它们站起来，只为活下去

将最硬的一部分，立在天地之间

2023 年 6 月 21 日

风爬上屋檐

风爬上屋檐，一片明净的天空下

几簇枯草，一株小树

将青瓦的缝隙当成大地，长出来

成就一道不一样的风景

风的眼眸中，容不下一粒沙子

椽檩撑不住光阴

时间再久一些，一缕清风掠过

人间就多出一堆废墟

风的天空，从来不会改变，光明剔透

这是想象，风并不想

看见草木看家护院的景象，即使它

吹得很轻，即使草木

长得茂盛，即使青瓦之下的泥土，呼吸

均匀。人间失了烟火

风哪怕屏住呼吸，也是一场无法呈现的灾难

2023 年 7 月 5 日

路标

煤油灯盏的眼泪，擦不干净。它明白

所有忍耐都是为了

给夜晚一点光明，温暖是它

用生命捧出来的希望

灯不灭，家就在。大风哭得厉害的夜晚

连窗户都会失陷，灵魂深处

颤抖苍白无力，走在绝路上的人

一生都在寻找出路

耗尽灯油，一盏煤油灯

不过是一只空瓶子

像一个空心的人，举着无光的火把，站在

黑暗中，给赶着回家的人

最后的方向

2023 年 7 月 6 日

风尖上的理由

大风一吹，担忧在心上，泛起来

这么多年，村庄一直站在风中，悬崖越退越近

再退就到心上了——

本来是充满温情的，本来是充满希望的

本来是能稳住人、留住脚步的

城市的诱惑像燃烧着火焰的玫瑰

大风一吹，跑着跳着

成为一个城里的乡下人，迎风

将一声声叹息

在风中打成永远解不开的结，一生

寻找回家的理由

2023 年 7 月 6 日

风在高处

有人迎风生出翅膀，有人逆风

站成石头，有人抱住一场大风就是抱住了

某个走失的亲人。大风

呼号，大风替一个人在薄凉的人世间

哀声落泪，老天爷看见了

头顶三尺的神明，的确听见了

它们不敢生出

恻隐之心。因着大风，从人嘴里

吹出来就有了分别心

世间万物垂首，神伤，它们看着大风

在一个人背后推了一把

只有大地敞开胸膛，敢接住肉身

又掰开胸膛

给不再醒来的人，一个安身之处

2023 年 7 月 11 日

暂坐

匠人从树根中，解救出茶台

解救出弥勒佛笑看人间，好像这个世界

并没有疼痛

想起匠人挥汗的动作，飞溅的木屑

忍住了喊叫

在心上雕出母亲，开始模糊

后来清晰，用了十二年

才坐在心上，不烧香，也不用跪拜

母亲懂我，不会怪罪

来人间一趟，万物各有归宿

2023 年 7 月 19 日

质询书

六月的麦田是一种追忆。这是习惯性

自我否定。在无根的城市

站不稳脚跟，飘零的叶子没有落点

离家不远，回家却是奢望

曾经留在田里的脚印中长满了野草，麦子

无处可依。渴望一场东风

将膝盖再次献给泥土，故乡在上

麦芒上的天空在上

在六月想起割麦子的场景，我的腰身

软了，就想低下头

像一个犯了错的人接受村子里

一草一木的质询

这些年，一事无成，为何放弃了生养之地

2023 年 8 月 2 日

爱的讨伐

你生命中的流水，和我一样自我

不愿意打开窗户的人

习惯了黑暗，习惯了孤独，习惯了心跳的回音

多大的雨也淋不湿，我撑伞的

动作，毫无意义，站在雨中成为一滴雨

落在你的窗台上

我看到，有几颗星星从你的眼窝

滚下来，碎了一地的

黎明，化成细小的溪流，我将影子

投在其中，水面晃动

被流水折弯的人，宁愿低头，也不愿亲吻流水

2023 年 8 月 2 日

在哲言中活着

大树从不会妒忌小草。母亲说

将身子放低，一样可以

拥有广阔的天空，一样可以拥有辽阔的江山

我以为一棵大树可以看得

更远，母亲说树太高容易被风折断

到今天，我真正地明白

母亲的智慧，无愧于没读过书的

哲学大师。一盏明灯

给我指引方向，做一株草，有缝隙就能够活着

2023 年 8 月 3 日

女儿说云朵是甜的

她说，梦里我摘下一片云

棉花糖一样

我喜欢，这开阔的想象，这梦幻的童年

在我的记忆中，天上的云朵

非黑即白，从来都不是想要的

缺少雨水时紧闭嘴巴，打开闸门

又是一场灾难

艰难的时候在梦中解渴，生怕

梦醒，今夜再看云

模糊的眼眸中，有一张笑脸，正在生成

2023 年 8 月 3 日

无言的黎明

清晨五点钟，会宁街道，很少能看得到行人

捡垃圾的，扫卫生的，还有我

这样不能确定身份的，为什么日复一日

早起。月亮在瘦身

为下一个十五，提前做好准备，星星

习惯了寂静

也看惯了月落日升，万物

各在其位，对飘零的叶子

落在哪里哪里就是家，阳光升起后

万物又能说些什么

照不到的地方，从来都在阴影中

2023 年 8 月 4 日

梦中梦

从梦中醒来，大雨还在落

黑森林没有尽头，悬崖在前，豺狼在后

旅程才开始，时显时隐

月光的锋刃劈不开这满地荆棘

遥远的呼唤，像一声声

无尽的叹息，我从未停下脚步，地平线

像一个捉迷藏的人

不断地后退，透过树缝，身后

没有留下脚印

身前，随时都有陷阱，在等着我的

失误，我不敢大意

生怕那场大雪再次落下，这人世间

又将多出一座

土堆，野草堆积，我就是其中最枯萎的一株

2023 年 8 月 4 日

昨日之事

　　一只麻雀在地上，觅食——

我路过它的城池，它没有动，我的心

惊了一下。它如何

放下对这个世界及人类的恐惧

我一直都没有学会

从容，为在人间觅食，在人间活着

步步为营，步步谨慎

今天，为昨天庆幸，又要为明天

担忧。过往是一根

风筝线，扯着一只没有目的的

纸鸢，在空空的天空中

不断地飞翔，也寻找落点，大风吹过

所有的焦躁与安静

都将成为下一个昨天。旧事还要

重提，麻雀的生老病死

谁看见了，也只是一瞥，该落的叶照旧

2023 年 8 月 4 日

月光擦过的黎明

穿上薄纱，月亮像出浴的美人

挂在黎明的天空

这景致，依然无法完全吸引我的眼球

垃圾桶里翻找生活的

响声，比月光更有吸引力

古稀之年的老人

她比黎明起得更早一些，拾起的月色

能不能为她苍白的

生活，增添一分银子的重量

不知道该如何换算

敢肯定的是，在城市坚硬的水泥地上

她从未如月光

能够留下一缕白，从未留下任何痕迹

2023 年 8 月 5 日

去往哪里

跟着月亮能不能到家，这是一个

古老的命题，至今没有答案

明月寄相思、寒雨灯窗亮，的确是事实

对于远离家乡的人

抬头见月明，低头看草长

心上的流水随时

都可能涌动，收拾不好落在

草叶上，就是露水

这滚动的渴望，易碎，晨光也留不住

空惆怅，白了少年头

中年的我，依然还在月光中

寻找，可以回家的路

梦想着在空闲的二亩田里

种上月光，长出大雪，留住我的脚印

2023 年 8 月 5 日

月光地

我不能反复去写，月光——

这古老的神曲

常常会将人带向神秘地带，又不愿意

领出来，困在其中

像一株藤蔓，一生都在寻找

向上的路。我并不为

走不出去担忧，我更担心，写不好

一缕月光，让它迷失

在异乡，那里的泥土长不出银子

2023 年 8 月 5 日

月亮像半个饼

月亮像半个饼，悬在黎明

几颗星，像渴望的眼睛挂在天空的窗户上

只对视一眼，就能感受到村庄的

颤抖，像一个挨饿多日的人，为填饱肚子

跟着月亮奔跑，它们之间的距离

从未缩小，谁也不愿意放弃，哪怕

一场空。在潜意识中

再走走就能到家，枯草上的月光

更加动人，露水碎了

会有无数面镜子，汇成一面，看清追月亮的人

2023 年 8 月 9 日

箴言

河的尽头是水。多年后

当我真正明白这句话，所蕴藏的真理

母亲已走了十二年

事实上，万物的尽头也是水

我的家乡今年大旱

粮食走到了尽头，并不打算投降

站在烈阳下

等秋风的快刃，如此

才算圆满

不被镰刀割一次，不能算走过

母亲一生肯定种过太多

知名或不知名的物种，包括我，这一株

四十年也没有开出

花朵，结出饱满籽种的谷物

低下头，活着，是我

唯一在人世间学会的技能

2023 年 8 月 9 日

埋进泥土的月光

失去犬吠，村庄的夜晚是不完整的

在这样的夜晚，看月圆

也不完整，正如少一个人的家就不能

称之为家。这些年，炊烟

不再，父亲烟头上的灯火作为

替补，做了夜晚

最亮的光，星星落在窗台上，偷听

我们对明天的策划

常常失望，一夜无语，寂静

最后的粮食，我明白

埋进泥土的月光是不会发芽的，春天

自然少一份希望

这支烟最后会熄灭，村子的夜晚，就更黑了

2023 年 8 月 13 日

摆布

几场秋雨，天就凉了

落花与落叶，会带走最好的人间

留下枯败。希望是一场

大雪，草木的天真怀揣，对

春天的渴望

相信春风能够感动万物，再一次

感染我的春天

我喜欢孤独，喜欢在满山

菊花的呐喊声中

将仰望的天空当成镜子，看透

自己身上的枯败

这株草，不可能回到最初，即便

春风掏出剪刀

茂盛是莫名的渴望，在秋日的

天空下，等着

秋风抽走，又一根硬骨头，做霜雪的俘虏

2023 年 8 月 13 日

关在盒子里的螳螂

伸出一只前腿，试图推开一扇门

即使给它足够多的

食物，它依然在奋力，试图逃离盒子

自由是一扇门，

有人一生从未推开，有人

推开一条缝

若能照见一缕光，已是奇迹。关在

盒子里的螳螂，渴望

在阔地上，随意跳跃，随意

攻击它能力范围

内的猎物，为平衡生态，做贡献

一次神圣的室内僭越

哪怕会死，它从未停下脚步。我也是

困在篱笆之内

一生都不想推开篱笆，走出去，即便能长出翅膀

2023 年 8 月 23 日

骆驼蓬逻辑

佩服骆驼蓬，粮食都干死了，它们依然

贴着地面，开出一簇簇

白色的小花，像一双双小手捧着

秋天，最后的荣耀

在大旱年，它们才是大地的

主人，耕种者心上

最后的一把柴火，给村子老脸上

添一份光彩

作为最后的留守者，父亲与老天

抗争，勒紧腰身

锁紧汗水，等下一个春天，喜不喜欢，都像我

偶尔也会用到叠词

2023 年 9 月 2 日

独坐黄昏

独坐黄昏，夕阳将最后一抹腮红

涂在野菊花上，这是深秋，百花已残

争春的百色只剩枯枝，天空

高远，谁能看透？飘零的落叶卸下

铠衣，随风，终将化春泥

暮色宽袍下，猛兽收起利爪，寂寞的人

踩着寂寞的星光

心疼旷野上，野菊花举着的露水

它们脆弱的心，还要经受

薄霜侵浊，过了今夜，开在枝头上的

大雪，比春日要早一步

寒鸦孤魂，断肠处，远行人何时回到故土

2023 年 9 月 12 日

问秦观

应该写恨，应该写愁。应该尊重春风

不归的理由，独自凄凉的人

自有她的欢喜，暗自伤神的人，也有花一样的

笑容，篱笆围困的肉身，无人

能解开，春雪压不住嫩芽探出冻土的头颅

站在秋风中，落叶洒脱

高飞的孤雁，声声哀鸣向天涯，我的愁肠谁人解

2023 年 9 月 12 日

空春

长恨江水向东流，春雪尽处，春草生

哪一朵浪花会开成诗

梦中楼台依旧，青山依旧

十年灯，添几缕白发

空惆怅，依然未能找到春风的出处

我不是善于回忆的人

当年的明月，只是一场旧梦

多少路，到后来都是

一场空。春再回时，燕子入老窝，我还想

在那桃枝下走过。流水送来

消息，旧人已不再，东风再起

我也只是一过客

2023 年 9 月 13 日

何日再花红

古人语，桃花开时，桃花是一个人

站在山野，点染春天

我在门后脱落的漆痕中，看到了你——

去年的落叶还在，满溢

水色的眼眸中，簌簌地飘着。今年又到

叶落时，留在枝头上的

承诺是否依旧？不敢说夜梦长

更不敢说，秋日相逢

比别离更难。曾经也是意气少年

奈何月有阴晴圆缺

发芽的红豆，也想一把火，将相思

熔断。我不敢说出

未来，春风吹过，我也想看看满山桃花开

2023 年 9 月 13 日

无留意

秋风将我从梦里带出来，又带回梦中

新奇的事总有发生，星星点在

夜空中的灯盏，从来如一。谁读懂了星河

谁就是我的知己——

九万里扶摇直上，常常在诗歌中

抵达，属于我的蓬莱

堆满石头的家园，每一颗都是真实存在的

星星。我不敢将梦中的话

说出来，我没有把握，这些动人的事物

会不会心碎。虚无这个词

的确是存在的，在梦里，常常是秋风说了算

2023 年 9 月 13 日

山野上有我不确定的志向

满天纷飞的惆怅如丝

扯不断，吹不散。马兰花盛极一时

杏树叶子该落的时候

孤独茂盛起来，回家的念头

如落叶，纷飞，飘散

古人写诗，从心。我不喜欢，我以为是野草

不该只有盛大春天一条路

向上触摸天空，向下提住泥土，即便最后

枯了，点不燃一把火也无罪

我喜欢这样的秋天，据说喜欢这种天气的人

抑郁情结严重，我不反对

如果能够如马兰花，站在故乡的山坡上

开不开花都不重要

2023 年 9 月 24 日

望远方

秋风吹叶落，草枯露染霜

炊烟最浓的季节，新麦子磨面，新胡麻榨油

要有一顿油饼，安慰肚肠

也感谢上天，赐予这一年风调雨顺

母亲走后，大不如从前

好多田空着，苞谷几乎成了唯一的庄稼

再也吃不到母亲的手艺

哪怕母亲依然活着，也不能

改变今天的现状

在这个秋风萧瑟的日子，想起

坟头上站着的草木

它们一直在替母亲，扮演人间最硬的骨头

2023 年 9 月 24 日

听风记

大风在黎明前的黑暗中咆哮

怒吼，无眠的树叶，像失衡的鸟雀

寻找巢穴。踩着落叶

猫腰裹紧最后的秋天，偶尔

也成为大风

引颈长鸣，也成为秋叶去洒脱

想想这一生，不过是

一片飘零的树叶，秋风过耳，像某种

召唤，归根也只是奢望

再想想破壳而出的一轮红日

眼前的朦胧，有了

某种不确定的意向或指引，我的疑问

风会去向哪里

2023 年 10 月 5 日

倾斜

野草向西风，庄稼向粮仓，我还在

异乡，在鸟翅上询问

村子的腰身，是否依然硬朗。父亲捎来

果蔬，歉收窘迫的脸面

这样的说辞，让我觉得愧疚

今日寒露，田里的

苞谷，捧起第一颗凝霜的露水

凸透镜中，万物向着

北风，黎明后退半步，黑夜填补空白

父亲与泥土的夹角

越来越小，我明白，倾斜的夕阳

是为了给璀璨星空让路

2023 年 10 月 8 日

山谷

马兰花茂盛的时节，秋天的脚步

正在远去，透过花瓣上的露水，草木的世界

没有软骨头。回声是一只鸟

蹲在悬崖边上哀鸣，山肩靠着山肩

村子像一个倦怠的人

等一声从远方归来的呼唤，余音

三日，在花朵上传递

生机要在浓霜中淬过火，才有硬度

从山底到山顶

一条曲径，最了解脚步，在花朵上奔跑的缘由

2023 年 10 月 8 日

射线

母亲眼里的光，跟着她走远了

坟头上的野草替她张望，一春接一秋

落叶连白雪。老屋昏黄的

白炽灯，对着窗户讲述夜晚的心事

没有温暖，或温暖

早已做了秋风的俘虏，臣服于

身穿银装的露水

常常觉得有一缕光，穿透我的身体

在心中立着的碑上

不断地写一个人的生平，看透

一片落叶，与看透

一粒粮食，没有根本意义上的不同

目光没有挂钩

能够吊住我的一生，甘愿被穿透，也不去躲避

2023 年 10 月 8 日

水罐

名词。六月麦田里的清泉

犹如沙漠中的拯救者，浇灭嗓子里的火

我是见证者，也是

运送者。地虽远，从未缺席

凉白开里放几片

炒过的苹果树叶子，算是解渴的饮料

小时候帮大人

送水，我就是生命的缔造者

今天再也看不到

这样的景象。在那个缺水的年代，的确

是一道风景线

没有经历过的人，不明白水罐装着的渴望

2023 年 10 月 9 日

银露

染霜的水珠子，藏着一个人

早起晚睡的一生；一面凸透镜中，藏着

一个人关节里的风雨

与雷电，藏着时光的快刃，砍掉的岁月

藏着古老的白发中

汗水养活的粮食，和粮食养活的

我们——

心怀愧疚的人低着头，进村

把双膝埋进泥土

水珠子睁开眼睛，替躺在地下的人，记住

我们的模样

2023 年 10 月 9 日

庭院

麻绳串起葵花秆，插进泥土

围出一块地，半边夯结实，半边松土锄草

种菜。我的美梦，母亲的梦想

葱、韭菜、大蒜、大白菜生出嫩芽的

那一刻，天上的云彩

也露出了笑脸。小时候把这当成富有

的确是可以炫耀的资本

我也算是村子里为数不多开过洋荤的孩子

在那个上顿下顿杂粮洋芋

果腹度日子的年代，母亲解放了

我们的味蕾，篱笆之隔

虽无奢华的气势，奢华的景致再也无法还原

2023 年 10 月 9 日

波浪

秋风过杏林，黄金的波浪

枝梢的琴弦上落满了霜花的长啸，野草昂首

与父亲有同样的动作，他渴望

落在粮食上的月光，私语中充满慈悲

白日已短，黑夜漫长

睡梦中的波浪，常常没有固定

形状，唯有两鬓的浪花

一年比一年高。草木粮食上，时光的波浪

永恒不落，岁月不饶人

父亲心上的潮水，一年不如一年

我知道这一切终将

消失，村子将去往何处？露水掀不起大浪

2023 年 10 月 10 日

顶峰

在老家，烽火台一般修筑在

最高的那座山顶上。小时候，作为忠实的常客

在其中排布战场，登顶太容易

更远处更高的山峰，并不能诱惑我

或让人心动，满足于

站在这里。出门在外，也爬过一些高峰

却从未有过那种满足感

常常是爬上这座山，还有更高更远的山

我的心是秋天的落叶

点不燃一把狼烟，淹死在浓霜中

2023 年 10 月 10 日

远归人不在路上

红酥手，应该比梅花

更绵软一些，应该比雪花更冰凉一些

没有握过。宣纸能说出

来自狼毫的力道，还能再轻一些

不要让梅花落得太早

等一个该来的人。清冽的

晨光诞下太阳的婴孩

暮晚的夕霞，收走羊水，遵循春天

万物的接生婆

如果还未牵住一个人的手

就让梅花落吧——

雪融时，高山苍苍，流水潺潺，眼眸蒙蒙

2023 年 10 月 20 日

绝收

没人注意到，她不自然的脸色

大雾没能挡住她

眼眸中的失落，阳光读懂了，阳光擦不去

生活还要继续，像风

吹不动的山峦。顶梁柱倒了的那年

她一样扛过来了

面对老天爷给她的暴击，她把自己

当成有神力的人

野草一样，站着不倒，春风还会给她一个梦

2023 年 10 月 20 日

配角

任何一块荒野都不能放过

开垦，下籽，秋天就多了一份希望，活下去

野草一退再退

站在悬崖边上迎风报信。这些年

走出去的人没再回来

闲田再次回到荒野，野草从不记仇

替远走的人修补空白

春风一吹，漫山嫩芽探头，铺出一块遮羞布

2023 年 10 月 23 日

问石记

刹那间，我便折服于黑独山

折服于一座座黑色的坟墓，折服于内心疾苦

为此，我愿意献上我的双膝

对着每一块石头发问，除了孤独

还有什么可以呈现

看不到一丝生机，远山的雪，像在

孵化着什么，除了大风

还有什么在升腾？看不到尽头

找不到合适的比喻

像我的选择，这条路，除了走下去，还有什么

2023 年 11 月 5 日

探谜记

纪念一个人，去博梁

这里，连一株活着的草木都看不到，没有任何生命迹象

面对群起的雅丹，就把它们当成

坟墓，在黑白之间

孤身一人，轻轻地尝吸，硫黄

撬开鼻孔，每一粒沙子

都充满悬念。在这充满死亡气息的

平行世界，行走的我

是另一个死了的我。群山谦卑

却从不低头，不屈服于

个人命运的我，与另一个懦弱的我

对峙，奔跑，像逐光者

头顶上的一片白云，擦亮天空

我眼里的黑独山

像一个内心充满谜团的少年，非黑即白

2023 年 11 月 5 日

入云记

十里不见一人，百里难遇同行

白云擦过的天空，和雪山举起的天空

区别只在于远和近

双手举过头顶，额头触及石头

为了什么

冈仁波齐不会给转山转水的人答案

神秘，孤独，阳光与雪

同在，石头比朝圣者的心更慈悲

献上膝盖就好

什么都不要问，雪的眼眸中，容得下沙子

容得下世间万物

2023 年 11 月 6 日

报答词

冈底斯是一个名词，冈底斯也是一个人的名字

打坐的处子。白云与雪没有区别

同样掀不起心上的波澜，坐成一块石头

的确是所有朝圣者

最真诚的向往。包容，神圣，神秘

有必要将它拆开来

冈象征雪，底斯象征清凉

山下的耕种者

将青稞交给沙土，神山有纯洁的心肠

递给我糌粑的人用微笑

擦亮天空，我该用什么报答

抓起一把雪，嗓子眼里

春风开始涌动，心上的流水试图冲毁堤坝

2023 年 11 月 6 日

神山考

群山跪下去，没有不献上膝盖的理由

额头上的沙石不必擦去

脚掌下的水泡，需要用烧红的针尖

扎破，放出充满嘲讽的血水

谁在雪线上仰望，谁在雪线下打坐

诵经？阳光爬上金顶

鹰在天空俯瞰大地，牦牛低头吃草，与石头

道别，感恩它给的警示

好了伤疤，也不会忘，就像冈底斯山

从未忘记四条河

顺流而下，逆流而上，灵魂的栖所

根源从来不会动摇

将自己站成众人朝拜的神山，冈仁波齐——

2023 年 11 月 6 日

悬空寺

崖壁之上，凿刻而出的洞窟内

神佛菩萨是否还在

福佑人间？六百年风吹，六百年诵经

六百年日照，每一颗石头

交出内心的戾气，落日安静，所有的

辉煌，悬在空中与夕霞

研讨佛法。一个走在红尘中的人

为放下悬在心上的不如意

来悬空寺走一遭，的确有不凡的意义

落日飞溅的红霞给我

最后一击，羞愧像两盏灯火，挂在

腮帮子上，悬着的心

像一块精通佛法的石头，落下去

隐入暮色。月光洒下

承诺，从来不会兑现，我折身走向伟大的黎明

2023 年 11 月 9 日

贤伯林

两肋插刀的亲兄弟，也会翻脸

谁赢了，到如今也只剩一片残垣断壁

还有什么可以信任

吹过普兰的大风中依稀还能听见

一位国王的悲叹

与另一位国王的忏悔，或许

他们的灵魂还在

破城沙土下，拼命追求和解。云朵

轻得不像云朵，积雪

压在山顶，沉重的心事唯有流水

最懂。沿着一缕阳光

我看到了曾经辉煌的阿里，千疮百孔

列城依旧，杀戮与罪孽

贤伯林寺承受住了所有的不对

或许今天的香火

还在为当年死去的人超度

谁又能赢得了时间

空旷的山谷中，大风中的经幡，在喊魂

2023 年 11 月 10 日

科迦寺

科迦寺，活佛一样，千年如一日

举着红日升，提着夕阳落

烽火硝烟早已不再，仁钦桑布就眠在普兰古国下

大量的经卷中，每一处藏文

都有仁心，每一颗仁心充满慈悲

朝拜的人一多，科迦村

诞生了。大山脚下转经的人，在经筒上

摸到了自己的前世

大雪是银装，绿植是草裙

打坐的科迦寺修悟

见证普兰，见证千年桑田沧海，每一块

土地都有秘密

我站在这里，向着远山提问

原野给我答案，若给

自己鞠躬，应该对着哪里？一缕阳光

在身后推了一把

朝着大地，向影子弯腰，野草在风中转动经筒

2023 年 11 月 10 日

致友人

必须要向青稞致敬，高原上的活佛

河沟里的碧浪，在雪水中打过滚，将最好的

光阴交出来，雪一样的心

比起苍穹下赭红色的巨型玛尼堆，人们

更愿意将额头触及石头

经幡在大风中，无休止地诵念真经

披白衣的诸神站在远处

遥望人间，必须要向任何一块泥土，任何

一种事物致敬，向自由

向勇气，向雪山大地中藏着的秘密

致敬。一瞬间，仿佛残垣断壁

重新活过来了，古老的王国繁荣依旧

绚烂与空旷相互成就

雪山的王冠，湖泊的镜子，草场的绸带

留住一个人流浪的脚步

一缕风，或一块石头就够了，青稞的心最纯洁

2023 年 11 月 10 日

命在纸上

在梦中写诗，在纸上造宫殿

没想过会耗尽我的半生

在这清寒的冬日，想象诗的实体

一片落叶提醒，要注意

修辞，大风一吹，能挂在枝头的

的确没有几片

草木从不沮丧，也没有忧愁

大雪之后，还会生出

新的叶片再次走向死亡，并不存在

断章，相比我

写下的文字，落在纸上

再无可能，生死

都没有气息，虚无如浓霜，阳光

一出，什么痕迹

都不会留下，我不是点石成金的匠人

没有刻石成碑的圣手

自己无法建造坟墓，看着落叶堆成山

2023 年 11 月 13 日

成像

野花的美在于旷野，开在纸上

最多也只能算作败笔

我断断续续，在写下的字句中触摸波斯菊

滚动的脉搏，听霜花喘息

十月，我不知谁还能如此优雅地

站在旷野，手持念珠

为天地作诗。伴随着阳光之美，大雪

做成的宣纸更易于渗透

读懂一场大雪，或将大雪描在纸上

的确不易，有没有可能

宣纸的美在于墨，干透了的线条

粗细不一，正如这首诗

长短不一，并不影响我将它献给野花

2023 年 11 月 13 日

· 第二辑

将欲行

把黑夜烫出洞

有灯火的地方就是家

一支香烟撑起的夜晚墙角那么大

最后一次见她

蹲坐在地台上吸烟取暖

她的黑夜漏了

大雪纷纷，是否要为她

砌出围栏遮风保暖

大雪心慈，不停地修补

她把黑夜烫出的洞

整个世界只剩下两个人的呼吸

如果呼吸能够发芽

如果明天是春天，会不会

有两株幼苗长出水泥地

2021 年 12 月 29 日

草香

与人一样，每种草都有独特气味

油蒿发出奇香，要等到秋风收干植株体内的水分

像回头的浪子金不换

举着一身尖刺，与世界为敌

若是顺着驴刺草

捋下去，它不光能给人柔绵的手感

更是驴的一嘴好草

平常孤零零站在荒野，像不与人言的我

苦苣菜是母亲，我始终认为

揣着一身苦汁，救命养人，与谁

都能打成一片——

老远都能闻见它的苦，却让人如此舒心

2021 年 12 月 30 日

枝头雪

惊心的一生，等春风一吻，短暂也美好

雪化了花儿自然会开

开成雪

试图模仿雪花

等待也美好

站在悬崖边上的人跪下去，满山桃花开成了粉红色的春天

2021 年 12 月 30 日

候鸟

归来春风满天下

还在去年的绣锦上走针，还在老窝上

修筑，丢掉腐枝

换上新柳，家就完整了

这样的日子并不稳定。秋风一吹

心就开始跳了

看过了北方的花开，就应该

看看南方的冬天

告别就成了不变的常态

活着，不能把

所有美好都留在一个地方。展翅吧

丰收的秋天与候鸟

没有关系，在北方只为叫醒春天

2021 年 12 月 31 日

绣花

一块白绫上开出一朵红花

活生生的，要付出

一个人的一生也不一定能够惊艳

在她的绣布上，不止一次

让那些四季全都活着，春天的桃杏

夏天的芍药，秋天的山菊

冬天的蜡梅傲立雪中，颤抖不可避免

清风起，阳光落下来

一句话也不说，就那样靠着

等露珠融入泥土

任那百花盛开，空山从来空着

2021 年 12 月 31 日

归来

春花比春风先开在脸上

你的春天在一场大雪后早来了

庄稼地还没有准备好

冻土封住了籽种通往光明的甬道

需要有人先融化

雪花把身子交给阳光，大火一点即燃

归来吧

如春草等春天一样，我等着你

耕过荒地，种上大豆玉米白萝卜

秋天不会辜负勤劳的人

流水唱起歌谣，水草如此丰茂

所有目光投过来，为丰收的秋天，为饱满的成色

2021 年 12 月 31 日

白杨树

站在冬天的出口，顶着一头白发

也要为远道归来的人指明

春天的入口。抖落大雪，举起春绿就是先行者

向着天空的轨道没有拐折

看着腰身笔直的人走了一生弯路

有些真相不必说清楚

白杨树不死，乌鸦的巢年年都会添新枝

树倒了，家也就没了

最先迷失方向的应该是春天

不知归处，后来

膝盖也不知该跪在哪里，该怎样喊出那两个字

2022 年 1 月 1 日

锈色

雪花用细砂纸

褪去枯枝上的锈色，春天就来了

碧翠的小眼睛

惊奇地看着新装上身的人间

若是想要褪去镰刀上

积存下来的陈年锈色，雪花太轻了

要用粗糙的手

在生活的磨石上走一遭

在野草上试一试

赤裸裸地来，赤条条地走

不带走一丝春色

也绝不留下一点污浊

手握镰刀的人

握着黎明与黑夜，握着泥土的命运

2022 年 1 月 1 日

给你

把山峦给你，托起

大雾成为云朵；把河流给你

洗刷石头蒙受的屈辱

把阳光给你，让万物找到节奏

满山野菊花把生命

给了大地，没有爱愿意光临

大雪把高洁的热情

给了枯草干枝，嫩芽偏偏喜欢露珠与春雨

给你的春风是我的全部

如果你愿意，撩动秀发

便知足，回头

已不是生长的季节，一切只是过往

雪花说出口的话

无法作为证据，大雪落着，春风吹着

2022 年 1 月 2 日

与春风

将目光投向大雪，你会发现

春天，万物开始重生

几只鸽子扮演晨光的信使，在空中

留下一道道弧线，俯冲

像翅膀能够抵达的哨音一样

轻轻地一吹，万物

睁开眼睛，没见过世面的孩童

穿过嫩芽命运的缝隙

找到出处，裁出新柳与百花

顶替大雪站满山野

一朵洁白的花儿败落，另一朵

替着开，多么公平

那些长眠的影子，做了花下肥

有人说那是春泥

我不赞同，也不反对，春风捏出的人形

2022 年 1 月 3 日

一定是雪

没有雪的春天不真实

嫩芽爬出冻土

趴着看雪花献身的过程，学着献身

一粒籽种长成春天

饱满属于秋天，光是喝足了

还不能长成参天模样

经历过生死，才能懂得生死

像一枚雪花成为

一颗露珠，展开翅膀一跃成名

这一路上所有的经历

在恍惚中，奔跑的露珠前世一定是雪

2022 年 1 月 4 日

像一匹黑骏马

穿过夜晚的甬道，长翅膀的黎明

幻化成飞禽，游荡在

天边，我把目光移向背阴处，黑夜像

一匹黑骏马，我目送着

走兽在晨光中，在幻影中消失

一次相遇也不过是

一次别离，埋下的伏笔。正如黑夜

与白昼相交的离别

当我垂下目光，彼岸花开了

在那黑色的深眸中

有人以天鹅羽毛为笔画下一道光影

2022 年 1 月 4 日

美学时刻

从一幅油画中看出故乡

沉浸在高粱举着的火焰中，在秋天

远处的山梁上

流水荡漾着形而上学

向下奔跑

透过一扇窗能看见更多震撼

流水流着，能听见

涛声，向下即是向上，面对溅起的水花

融入其中

这美从来都没有见过

也不可打破

站成一座雕塑即是绝配，在这一刻

2022 年 1 月 4 日

春风伸出舌头

春风伸出舌头，万物张开嘴巴

每一片雪花都能

成为露珠，每一颗露珠都是救命的菩萨

当冬麦挺起胸，流水

有了私奔的决心，钻进泥土

颤抖的心上

春风的必经之路算是新鲜的记忆

雪花留下的求爱信

需要一朵云成全，在某一个清晨

或者傍晚，命运的走势

突然生出变化，从北向东挪了挪，温暖就下来了

2022 年 1 月 5 日

月亮从未有过鄙夷之心

为了霜花更白，裸着

身子扑上去，月光从来不喊疼

更不会无端呻吟

尖叫声是霜花的献祭

天底下的万物

在月光眼里都是需要疼爱的事物

不会因着草尖更锋利

多堆积一些，不会因着

角落更黑暗不去

照顾，黑夜有数不清的暗礁

月亮只为天下白

从未有过鄙夷之心，更不会

因着一个老人

孤独的日子不去光临他的窗口

2022 年 1 月 6 日

陌生感

的确越来越没有信心，到底是

村子失望透顶，还是我

麻木无知，我们就像雪花落在枯枝上

失去了流水拍打石头

激荡的节奏，拖着疲惫的日子

走过慵懒的村庄

仅有的一块冬麦田像依然坚守的亲人

一切都像掏空了灵魂

北风举起刀，我的脸上没有感觉

阳光穿在身上的坎肩

我无力偿还，低着头进村，低着头远走

2022 年 1 月 9 日

旷野上

看透了也不说。月月圆

月月缺，从窗户中升起来，从窗户中落下去

等人归来，大风一遍遍

在门板上捶击出鼓乐之声，在旷野

听不到回声。同样

听不到的犬吠，像春天融进泥土的雪花

孤独是不开口的神仙

坐在烟头上，看着月圆月缺

月光铺在田野上

白茫茫一片，像霜，像雪，更像擦不掉的雾

2022 年 1 月 10 日

仰望星空

在星空中，用虚构的线条

连接星与星

画出心中拼凑的图像

一切都是虚构

一切又都像真实存在

当画出一片雪花

一场大雪凭空而降

深埋大雪中的人

与野草为伴，共历风雪

雪停后画出麦子

不是一株，足足画上一整片

画上手握镰刀的人

两只眼眸是两颗落单的星星

与整个星空相比

这两颗不灭，整个夜晚就一直亮着

2022 年 1 月 13 日

在镜子中分辨喜悦与哀愁

一个人活久了需要与镜子对峙

木头一样

所有的感知都在镜子中，喜悦也好，哀愁也罢，都要依靠镜子

看清自己并不是易事

要有清透的目光。可是人活久了

难免瞳仁中沉淀下杂质

有了雾，看什么都不会太清晰

镜子有时会像水

人影晃动，水面也跟着泛起波光悠长的细浪

刚刚呈现的表情又要重聚

反复没有尽头，直到在镜子中变得模糊，世界才清晰

2022 年 1 月 16 日

快感

进入你，才能感受山是山

才能感受水是水

花草是花草，挡道的石头可以忽略

走那么远的路，不必纠结

一场战役后，谁胜谁负的结果

彼此融合，词语也有

慈悲心，在我全身心投入下

每次撞击都能听到

骨头碎裂声。这有什么好哀愁的

所有翻越的制高点

都为冲向峰顶。活下去，在诗歌中真实地活下去

2022 年 1 月 17 日

月下人影相对开

寒夜里凄楚的哀鸣是一只鸟

唱给霜花的歌谣

有人并不喜欢，突兀的高音像要送走一个人的唢呐声

更像一场游戏的前奏

举杯吧！为这寂寥的夜晚，点燃一支香烟

的确是有必要的

一个人坐成了两个，月亮义无反顾

月头升起来，月末落下去

月中那短暂的圆，多么完美，多么让人期待

2022 年 1 月 18 日

将欲行

生出翅膀，北风蜕变为蝴蝶

春天的城门外

大雪放下孤傲的骨头

纷纷化为流水

起程远行的人，不必回头

更不必担忧

枯木上奔跑的烈火

不达目的不放下

火把，快燃尽时会烫到手

相信这不是梦，又像在梦中

我的远方在黑夜入口

比远方更远的，黎明正在嫩芽上生成

2022 年 1 月 20 日

苦杏仁

小时候，很不明白，生活

那么苦，母亲

总是会不定时嚼几粒，苦杏仁

靠天吃饭的黄土地上

一年见不上几滴雨水的泥土中

长出来的杏仁

它们的苦，尝过的人心里清楚

日子稍微好过些后

明白了母亲当年的举动，尝过苦

吃什么都是香的

一碗苦苣菜，一块杂粮面菜饼子，能吃出蜜来

2022 年 1 月 27 日

一朵雪花在半空中停了一下

宁愿承认，那是一种舞姿的展现

可是，可是告别继续

下坠，轻飘飘地挥手，轻飘飘地展翅

从崖边上纵身

停顿的那一下，整个世界，冻凝

在一块巨大的冰中

静止的画面，刚好可以在回忆中

搜寻一朵雪花的前世

逃过惊雷的，终究还是逃不过命运的追击

低下头默哀吧

你看，雪花融化的地方，一株嫩芽正试图举起春天

2022 年 2 月 2 日

明日之诗

天空中看不见一只鸟，落叶

正在融入泥土

成为春天的一分子有多不易

背阴处的积雪

咽下最后一口阳光，阴云更像

一种禁锢，当今日

潮水一样退去，命运勒紧

绳索，没有人能

幸免，在一场倒春寒的杀戮中

在贫穷的想象中

一朵野花凝视过的原野上

有人纵马夺天下

有人折断一根草茎，做了他的腿骨

2022 年 2 月 3 日

他干裂的双唇隐藏多少生活的磨难

没有喑哑的叫喊，没有

自挖的坟墓，没有永恒的幻想，没有无知

在生活面前从来都是强硬派

秋风吹断了腰，依然没有放弃微笑

依然会用唾液

润湿双唇，以示日子滋润

可他干裂的双唇

沙漠一样，一滴血或一滴泪都不能

解除嗓子眼里的大火

在失去语言前，常常在他的智慧中

取出许多发光的词语

充实我的诗歌，充实我的语言体系

当那盏握在手中的灯灭

在黑暗中永远地消失，却不能否定他的存在

2022 年 2 月 8 日

春天含泪的眼睛

雪花睁开眼睛，阳光含在其中

珍珠一样坐在杏花苞上

多像脸蛋，因着一个吻，生出翅膀飞升

春天来时满含热泪

一路走一路洒，所到之处

燃起绿色火焰

这奔涌的情感，不可阻挡也无法阻挡

正如那刚烈的女子

为逃避给哥哥换媳妇的远嫁，为

逃避三十岁年龄差

在大雪天一路狂奔，从崖上跳下去

第二日，天气突然温和

雪花坐不住，春天就来了，满眼开着泪花

2022 年 2 月 8 日

那时候命运没有声响

知识掌握了一少部分命运，主要

掌握在粮食手中

那时候命运没有声响

人们大多小鸡一样

一粒麦子的确能压垮一个家

为粮食活着，没有尊严

完全可以接受，后来依靠树皮草根

活着不需要尊严

父亲讲起爷爷的故事，当年

早起去耕地，星星

提着的灯笼光亮太弱，一坨牛屁屁

居然也要有很好的运气

才能捡到，当成野菜饼饼吃了

留一些中午带回家

给孩子吃，慈父就是这样，真相也是这样

2022 年 2 月 9 日

我爱这人间流水

时光流星一样短暂，昙花一样

来不及欣赏——

青春花，不可能重开。看看满山野菊花

须发白了，年轻的心仍旧

有黄金的重量。我爱这人间流水

爱那不回头的决绝

催开一朵花，与摧毁一场梦

属于同一股流水

当年轻不再，便明白流水为什么如此湍急

2022 年 2 月 10 日

渴望

我是听到呻吟后，才发现的她

蜷缩在垃圾箱的一角

比垃圾更像一堆发着腐朽气息的垃圾

这一刻，整座城市还未醒来

还在昨夜的梦魇中挣扎，这种场景

最是想要抖落的

霉变的附着物，插在一些人心上的刀

他们的痛苦是狰狞的

我蚂蚁一样的善行，晨阳升起来，她像看见了新生

2022 年 2 月 13 日

春风摇动铃铛

花儿探出头颅。一切看似无序的

都在有序地行进

有谁知道，通往春天的尽头，到底是不是坟墓

那里埋藏着谁的骨头

草木拔起腰身，粗壮一些的是腿骨

纤细一些的是肋骨，坚硬

犹如石头一样的是头骨。谁在歌唱大火

深入其中一是尖叫

一是沉默，留下来的，是春天埋下的舍利子

2022 年 2 月 14 日

麦浪

想起一穗麦子，心上的秋天

便落满了黄金

风一吹，奇香会控制人的思维

一把镰刀的哲学

看似简单，却有大智慧

割麦子的父亲

一生包容万物，一生与镰刀

相互成就，相互依靠

这种情分只有在割麦子时

有所呈现，镰刀

割倒麦子，也作为父亲的拐杖

撑起了他的秋天

阳光老虎一样，手握镰刀

便有了收服之心

麦浪滚滚，像一卷充满哲学的书籍

讲述三件事

麦子、镰刀与父亲

2022 年 2 月 15 日

元宵节想起母亲

这该死的泪水，没有忍住

我深感愧疚，违背了

你的教诲：不要流泪，那是无用的

妈妈，十一年了

我该怎样告诉你，一直以来

我把所有将要奔涌的

眼泪都咽下去，今天咬破

一个元宵后

不争气的堤坝溃了，整座城

陷入其中，我没敢

多哭，怕你看到我没出息的样子

妈妈，你没有吃过

元宵一旦咬开，就再也堵不住了

2022 年 2 月 15 日

在梦里开口

天晴有老虎盘踞胸口，猛兽凶险

不敢妄动。天阴有蛟龙

独卧眼眸，不敢流露，生怕被一滴眼泪唤醒

能在体内消融的，不能在体内

消融的，在思想深处装上一道闸门

在梦里开口，不说生死

不谈时间与旅行，我们只谈爱，只谈

火一样的，漫山遍野的桃花

一样蔓延的，春风一吹无法控制的火焰

你的花园里，请允许

我要建造一所房子，关住我，冲动的老虎

2022 年 2 月 17 日

我并不想一直写雪

太轻，压不住呼号的大风

太重，压断脊梁，埋掉轻飘飘的一生

大雪一落，开在眼里的白花

完全是一种怀念

我并不想一直写雪，纯粹的悲伤，沙漠一样

写不完

嗓子越干越想咽下一口雪

为留住冷，一年年地又盼望着下雪

在这无尽的矛盾中

一次次原谅，一次次仇恨，一次次纠缠一场雪

2022 年 2 月 17 日

灯火背后

煤油灯下补衣服的人，月光下纳鞋底的人

站在崖畔上望远山的人

爬了九十九级土台台，只为摘下一捧山杏子的人

今夜又回来了，站在

灶台边上，挽袖子的动作还是那样

天蓝色的围裙挂上白云

她还是舍不得扔掉。在孩子身上

她什么都舍得，光阴、生命

为这，她丢掉了疼痛，把自己柴火一样

填进灶膛，火光为她苍白的

脸，镀上一抹红，温暖的笑容从来如此慈祥

2022 年 2 月 17 日

雪景

　　大雪天，推着残破的婴儿车

　　捡垃圾的老奶奶

　　让这一场雪，看上去更白

　　像一片雪花经过

　　我的眼前，是大雪还是白发

　　压弯了她的脊梁

　　生活闭上她没有一颗牙齿的嘴巴

　　拼命抿住下唇

　　阻挡寒风入侵。顺着

　　脸颊滚动的

　　是扑上去给她温暖的雪

　　还是泪水

　　整座城市裹在大雪中，没有声响

2022 年 2 月 18 日

没下过井，你们就不知道煤有多黑

黑的时候连整个世界都是

没下过井，你们就不知道煤有多黑

煤的心肠像我们的牙齿

黑的煤心上的光，像我们对这个

世界的渴望。每一步

都像走在缸边上，心疼的是缸，碎了

该用什么装水

这没长牙齿的软物，能撕碎一切，包括一个完整的家

说到此处，请允许我

讲一个很短的故事。十八岁的成才下井后

让猛兽吞了——

十八岁的成才，天天在下井，从未间断

2022 年 2 月 20 日

哦，溪水

我希望这不是真的。石头

坐在水中，看春花开

看秋叶黄，看白茫茫大雪，掀开

蜡梅的头纱

一切都与一块冰冷的石头

毫无任何关系。可是

雷声惊动石头时，石头已在自燃

这永恒不灭的火

会不会把一株植物摧毁

哦，溪水

浇灭我，在化成灰烬前

让石头回到水底

慢慢等一颗种子从心底里长出来，为你遮风

2022 年 2 月 20 日

致但丁

我相信，阳光不会永久沉沦

生命的舞蹈，要以登梯的姿态去完成

为这，我走了一万四千二百三十三级

企图能够触摸到诸神的脚趾

大火的呼吸太无情

拒我于门外，相信这是你的指示，警钟一样

我需要走自己的路

在自由世界里，走过一万级

多少年后，会不会

有人翻出为你写下的歌？我相信，见过你了

2022 年 2 月 21 日

找春天

真正的春天，是女儿看见的

小手刨去冻土

露出的

那一抹绿

生命如此鲜活，春天值得

2022 年 2 月 23 日

白纸黑字

落下黑字前，白纸上没有江河，没有群山

一滴墨便听到了风声

再落。便有了开花的权术

关人的黑屋子

锁住脖子的铁链，书生的笔

写不直一双

弯曲的膝盖。白纸上什么都装得下

什么都可以说

要墨开口，黑的黑着，白的也黑着，一张诉状空着

2022 年 2 月 24 日

神的预言

黑夜的提醒，露水

从不听劝，野花站在晨光中

摇头，表示惋惜

没见过阳光，听说很美，听说温暖

如此，碎了的露珠和

倒在太阳升起前的人有着同样

无法言说的经历

成为雨水时会忘掉前世

倒下去的人

爬起来要带着身份，前行

黑夜的胸腔上

结满了蛛网，星星眼里

滚动的琥珀中

浮现着死亡的倒影，神的预言

2022 年 2 月 24 日

空屋檐

低下头，蚂蚁们正忙着搬家

在暴雨来临前

我为躲雨，站在别人的屋檐下

秩序井然的我的同类

它们丝毫没有受到天气的影响

相信预判，我缺少

这样的自信，在空屋檐下抬头，不是一件

容易的事，蚂蚁们

能够举起的我搬不动

大雨来时会湿了

我的布鞋，我担心的不是泥土

弄脏了，我的行头

是这漏雨的屋檐，还能经受多少次风雨

2022 年 2 月 28 日

因纽特人

春天里，成千上万只海雀

从远处迁移而来

生活在北极圈的因纽特人

也迎来了美食的春天

捕获鸟儿，装进海豹的肚子里，压上石头

腌海雀要两年时间

等待比鲱鱼罐头

还臭的美味，唤醒味蕾

以这样的方式维系生命，补充维生素

出于没有办法

在植被无法生长，无法种植

农作物的极地，活下去，人的命要有多硬

2022 年 3 月 13 日

幻想曲

大风吹落的月亮，晨光会还回去

湿润的眼眸中

从来不缺，野菊花的倒影。收拢翅膀的鸟儿

并不是要放弃飞翔

没入草丛的蚂蚁厌倦了，逐食

活着，站成铜像

智者受尽人间冷落，依然要遵循

人间喜剧。我在清晨

黑夜还未退尽的灯光下，企图从白纸黑字中提起

一轮红日——

2022 年 3 月 14 日

落日图

盛大的事，一生只欣赏一次，也是幸运的

比如眼前这落日

想起小时候总与它擦肩

为填饱肚子，一走四十多年，从未在乎过

今天再相逢，想起我将成为最后的落日

悲壮突然有了切肤之感

落日追求的源头，也是我一生的寻找

落日选择以死获得重生，我收起影子走进黑夜

2022 年 3 月 15 日

人字的写法

一撇，半生

一捺，半生

如此简单的笔画很多人完不成。很多人

生命走完了

人字的笔画没有写完

活着，死去

遵从人字的笔画，就遵从了顺序

活着去死

从人字的写法中

能获得

怎样的真理——

两条腿的人要扶着碑

才站得稳

"母亲是唯一没有扶碑，风雨打不倒的人。"

2022 年 3 月 16 日

他们说这就是好诗

落叶，退信

雨落的过程，悲伤的抒情

他们说这就是好诗

好好生活吧。这并不是劝告

好生活无法模仿

"生活的最终目标是生活本身"[①]

诗歌的最终目标不是描述

诗歌没有目标。多像没有形容词的生活

替我告诉他们，生活只有

生和死

2022 年 3 月 17 日

①出自赫尔岑《往事与随想》。

死亡之乐

唢呐安魂，平静内心

鼓点从关节深处唤醒风雪

埋下的旧事

这古老的疼痛无法与战争

相较。硝烟背后

婴孩的啼哭，妇女的哀号

老人担忧的叨念

近似于呻吟，万物神色

黯淡。这哀伤

悲凉的安魂曲，这告慰

唱给亡灵的歌

能止息杀戮，能降下焦躁

笑声从牛奶中泛起

阳光坐在面包上给穷人温暖

生长的雨水不错过

任何一株愿意向上的嫩芽

唢呐吹开的花

拥有该有的光明与露水

枯草死过后

获得做肥料的机会。春去

春又回，乐声不断

大地之上再无狼烟，只燃柴火

2022 年 3 月 18 日

倒叙

今日我原谅了，昨日

还恨入骨髓的自己。不是在今天才想起的

忍了好久——

溪流向下，站在岸沿上，看新水

日日推着旧水

凝望过野花的眼睛，看什么都是

野花的影子

在今日之前我曾试图，去改变流水的走向，这徒劳

这徒劳，像那旧水

2022 年 3 月 19 日

石头引

很小的时候，以为这世间再没有比石头
更硬的。老人们总说
某某人有石头一样的硬心肠

见到王石匠凿磨盘，一把钢钎，石头的牙口
紧跟着松了，以为最硬的是钢

后来，经历过绝望生死，明白了
老人嘴里石头的心肠，是说石头没有心

今天再次想起，石磨一次次
磨钝牙齿，一次次忍受剔骨的疼痛，只为吐出嚼碎了的粮食
救人性命，心肠最软的莫过于石头

2022 年 3 月 23 日

读诗引

"无论身在何方，在大地上的什么位置"①

读到这句，想起远方

战火正酣的远方，想起过去

战争留下伤疤的远方

想起孩童们惊恐的眼眸

深不见底的水中

发红的枪管，冒烟的炮筒，遍地

燃烧着不灭的烈火

身处疫情中安稳生活的我

还有什么理由抱怨

看着眼前泛绿的草木，此刻是仲春

身在其中，想起远方

像想起我的孩子，的确让人悲痛不已

2022 年 3 月 25 日

①出自切斯瓦夫·米沃什《无论身在何方》。

诫子引

面对清晨扑向万物的阳光

思虑昨晚有没有浪费

哪怕一缕月光，修身以俭而得

智者语。草木吐出绿叶

方向一致，为触摸

更高的天空，向上不断学习

食阳光，吮雨露

人不一样，以暴制暴，以战争

换取和平视为法则

不如一棵草木，揣世间生灵

仰望天空，跪拜大地

立在天地之间。守住自己，守住江山

2022 年 3 月 25 日

原色

照亮人间的不一定是阳光

也不一定是光

一个书包，两件衣服，三句暖心话，够了

再多一些都是泛滥

夺眶涌出的眼泪涂上颜色

一粒粒珍珠

落下来都有清脆的响声，配上笑

他们奔赴一千多里

为一场交响乐盛会能顺利进行

打开心窗，这世界

是谁绘出的水彩画如此动人，笔法如此动人

2022 年 3 月 28 日

风吹草低

风吹草低，也看不见牛羊

眼光失去锋刃，草会没命地长，生成

另一片草的世界

地毯一样。粮食站在悬崖边上

走绝路不是草的错

用不了几年，人也会看不见的

生养地会消失在草中

风吹着，草低下去还能认得

我的担心是

有一日草也消失了，风去往哪里

2022 年 4 月 1 日

墙头上的草最先收到大风归来的讯息

事实如此。草动而后万物知

身体单薄的孤高者

像灯塔，更像指引方向，多少人以此来判断

时间的命运，真正决定

生死的并不是时间，群草长上墙头

灯盏咽下最后一口气

没有什么可以离开，没有什么可以留下

泥土之下，只有深深的记忆

泥土之上，只剩狼群一样的咆哮，与怒吼

2022 年 4 月 5 日

空山新

听不见声响。去喊一嗓子吧

空山不空，野草当家，平坡川正在经历一场蜕变

化蛹，成蝶——

翅膀上落满彩色的阳光

朽木彻底朽了

满山小花一茬接一茬，装扮春天，传递回音

2022 年 4 月 22 日

南山下

那里不是神仙居所，的确生活过"神仙"

那里风景并不优美，的确适合种植杂粮，也长草

那里有我的童年，中年，和一个老人

那里的黄土不开口，开口就要吞下一方木头

那里空气稀薄，雾气浓重

那里人烟稀少，在几个特殊日子里，能收到众多膝盖

那里终究会消失

那里从始至终都是土的世界，高的，低的

2022 年 4 月 22 日

有风经过

和我一同抵达的还有南风

某种意义上

南风更像这里的主人，带着火来

不像我，两手空空

握不住一把风。火太旺

也不是好事

泥土板结，籽种很难成活

在我的村子里

急需一些声音打破寂静

也急需一场雨

滋润干涸的大地，给粮食希望

某种意义上

我和南风都不具备

北风吼时

父亲关节里的疼痛，最准确

2022 年 4 月 27 日

举头有神明

很小的时候，奶奶经常念叨

抬头的地方就有神灵

烧火做饭，锅台后面贴着赏饭吃的灶王爷

炉子里生火，祖先爷坐在供桌上

出门下地，抬头看见土地爷坐在山腰

大旱之年不敢抬头看

老天爷不难过，望雨的人就有罪

天下皆神灵

理应有求必应，有应必灵

奶奶卧床十八个月

半个身子压烂了，神明也没

帮她翻过身

半身不遂，神也没扶她一把

如此艰难地活着

神明从未正眼看过，也未曾落下一滴泪水

2022 年 8 月 9 日

夜半听雨

我并不相信，昨夜的暴雨

没有一点泄愤之意

我也并不相信，昨夜的老天毫无惩罚之意

当我闭上眼睛的时候

雷声扑进窗户里，像一只手

突然伸到眼前

不由得人在意念中交代，这半生所干过的坏事

想得最多的，依然是粮食

还有那装着半生心血的土房子

我相信雷声

相信它不会放过一个坏人，也不会误伤

一个好人

2022 年 8 月 22 日

平坡川也有灿烂的星空

粮食睁开眼睛，野花晃动露水，父亲烟头上

燃烧的星星更亮一些

缺少一缕月光的夜晚稍显暗淡

这个影响并不大

一切都会有序地进行。每个人都把自己

当成其中的一颗

发着最亮的光，像父亲一样

缺少一颗用香烟替代

要让夜晚看起来明亮。犬吠惊醒的灯光

永不熄灭

2022 年 8 月 27 日

一只空壳的蝉

仅剩头部，拖着空空的下腹部

在泥土上爬行

去往哪里已不再重要

它甚至不知道

生命在这里已无法延续，实际上它可能

真的不知道它死了

在人间活着，在人间行走

空壳的蝉一样

我们也只剩下一个躯体，驮着沉重的光阴

2022 年 9 月 17 日

青铜太阳

太阳的眼泪充满慈悲，火焰的根须

毒性十足

清晨出门的人，在夜晚

踩着暮色

这是美好的一天，活着对明日

充满期待

绿叶终究是要黄的，秋天叶子终究是要落的

铜镜里的太阳，终究是要生锈的

光芒终究是要灭的

2022 年 9 月 20 日

牧野之战

不过是一个王朝替代

另一个王朝，不过是一个君主替代另一个君主

从公天下到家天下

不过是禹把建立的夏朝传给儿子启。不过是

商汤率诸侯国发动鸣条之战

灭亡了夏朝，建立了商朝。不过是

周武王姬发率兵

与商军大战于牧野，纣王自焚，商朝自此灭亡

不过是周朝建立，不过是转换与更迭

胜者坐上龙椅，败者跌下神坛

千百年来不过如此

往复。轮回……

2022年9月22日

清水刀子

无常是早晚的事，谁也躲不过，清水里放刀子

牛也知道躲不过

无非是一堆土，无非是一个盒子，谁又能躲得过

人也知道老了就没用了

牛会落泪，给人下跪

人将双膝埋在土里，给大地磕头，给苍天下跪

2022 年 9 月 22 日

卖菜小女孩

那只南瓜几乎和她一样高

八岁，应该在父母怀里撒娇的年龄

担负起这个家，顶着

风雨，她对生活的理解，已高于生活本身

宁可站着死，她也不愿

让爷爷，为她操心，更不愿做累赘

这个世界，跪着生的人太多了

2022 年 9 月 30 日

怅然帖

炉火正旺。寒风更凉。我坐在屋内

看秋叶凋零。想一个人

走进秋天，需要准备些什么

需要接受些什么

冷雨一落，就知道需要改变些什么

草木并不担心寒露霜降

大雪铺下白宣，其上写着春天，正走在来路上

过了这个秋天，眼界

要再收一收，确保低于一株草木

2022 年 10 月 10 日

画唐卡的人

壁画落在墙上，绘画的人就把一生托付给一堵墙

经文要刻在心上

每一笔藏文都会告诉握笔人

每一个细节都是佛的手指，量出来的

画在墙上出错，就是人心出了错

佛并不计较，作画的人若是不用心，犹如在抹黑自己

2022 年 10 月 10 日

采盐歌

不采一次盐就不能成为一个真正的男人

一个人一生不采九次盐，就不能报答父母的恩情

一次驮盐需要步行几百里

牦牛驮盐，牦牛粪煮牦牛奶做的酥油茶

犯一次错揪一撮体毛，犯两次错揪两撮体毛

若是犯了很大的错误，就在屁股后面挂两块石头

顺时针绕大本营三圈，自古以来

这是驮盐队的规矩，不能对盐湖女神不恭，这也是规矩

采盐是向自然索取，非常神圣

取盐前，要用最好的青稞酒和食物敬盐湖女神，求她赐予最好

的盐

所有的采盐人都是歌者，所有的盐都是圣物

每次采盐都不能太多，只够食用就好，这也是采盐人的规矩

2022 年 10 月 11 日

日卡村锁事

在西藏的传统文化中，铁匠每打一把刀等于杀一个人
这是老锁匠发誓不再打铁的原因

江安是八户人家其中的一户，这是日卡村仅有的人气
制锁需要铁制作的钥匙，不打铁也就放弃了锁匠这个职业

老一辈人留下来存放食物与贵重物品的仓库
必须用木锁铁钥匙，村民们请求江安

换锁不换钥匙，锁是木头做的，钥匙是铁的
村民们叫他，英雄——

开木要选吉日。锁材要选质地细腻的紫桦木
刻画钥匙就是画一个人的一生

极为简单的锁芯配上铁钥匙，防君子不防小人
完成托付，取得了神的原谅，他只做了锁，并未打铁

2022 年 10 月 11 日

石头诊脉

对着一块石头，就是对着一个人的身体

纹路对血脉，凹陷对骨头，白色的裂缝有危险

黑色与红色严重些会影响生命

通过一块普通的石头诊脉，可以判定病情

比起最具特色的尿诊

石头诊脉看似毫无根据，毫无科学依据

挝那荣错在很久以前是一片汪洋

海底动物的化石，治病救人的药引子，他们相信人与自然

自然中的一切都会相应地投射在人体

像肠子，有空；又像骨头，蕴藏着无穷的自然之谜

在藏北草原上，医生就是佛

草一样，没有高低，没有贵贱，生命至上

2022 年 10 月 12 日

落叶与落日

我常常与自己决斗

没有输赢。不像秋风扫落叶，黄的落下去

绿的站在枝头上，等着黄

"命运是一头母狮子"

我写下的诗句，我丝毫不会谦逊

这太阳遗留下的光斑

灵魂在牦牛身上，从来都是雪山的高度

在藏北，一头牦牛就是一尊佛

驮不动落日，就把自己交给大地，一枚落叶一样

2022 年 10 月 12 日

普尔姆①

一种药草，生长在高原上

藏人以此制作护肤膏，抵御高原紫外线

成药要加水熬制

像一个人浓缩的一生，夏天防晒，冬天防风

从石头缝中钻出来

草木向天，根须向地，草心向人

孤儿白玛卓嘎，遗孀白玛曲珍，贫寒的次仁曲珍

三棵六十五岁的普尔姆，长在札达的石头中

天空因她们更加光明

古格王朝的秘方，涂在平凡人脸上，神的赏赐

2022 年 10 月 13 日

①普尔姆是一种草药膏，有祛湿和消炎的作用。

- 第三辑　野葵

野葵

在寒风中颤抖，在寒风中绽放

像永不服输的人

在我的老家，在冬月天仍旧开花的

只有野葵，天越冷

它们的茎秆越绿，霜杀过的脊梁越硬

与寒冷无关，与冰冻无关

父亲不愿输给季节的锋刃，顶起

一场铺天盖地的大雪

迎着阳光，亲近阳光，野葵一样地绽放

2020 年 11 月 18 日

等

像一株枯草等春风，割倒

灰白的须发。像四奶奶蹲坐在村口的杨树下

等人来。像一株野驴刺

站在旷野，举着尖矛不让靠近，离远了又在招手

父亲也是这样

一个人活着挺自在

送我们离开

一直在村口的地埂上蹲着

像一截残缺的木桩

把身子埋进土里，等春露抚慰

即便长不出嫩芽

偶尔也能生出两三朵木蘑，像一把伞啊

等人摘下

舌尖上的春风，唤醒一场大雨，清洗万重山

2021 年 2 月 8 日

春天不光是绿色的新词

春天不光是绿色的新词

更是一个人

挺起腰身的机会，重新开垦黄金田野的尊严

葡萄藤是最好的写照

看着老朽的枝条，春风轻轻抚摸

弓背会伸直

词语的丰富不足以形容

春光翻身的过程

从死亡的灰烬中吐出生命，雪花搭上了轻飘飘的一生

大地记下这一切

日落月出，从来都没有改变，照着人间

指认命运

2021 年 2 月 14 日

浮雕

给一树干枝，涂上

一点颜色。大红，朱红，紫红，最好是玫瑰红

给它几片花瓣

必要时，再配上我的单膝

另一半就空着

如果有人愿意配上

一首诗

必须深刻到心上。让

石头尖叫

每一次分别，雕下一片叶瓣的落痕

2021 年 2 月 16 日

凝望

跪乳的羔羊，才出生就知道

跪着，也不足以报答，母恩深重

母羊心慈，压低腰身给羊羔子喂奶，刚生产过后

血还没来得及清理

面对如此场景，我看见身背罪孽的人

在母亲活着时，从未献上双膝。母亲走后，年年把头磕在土里

算是一种忏悔。土地包容

收下敬献，山野辽阔，粮草丰足

2021 年 2 月 20 日

159

跋涉

太阳从未停止奔跑，它的目标是前方，没有终点

周而复始

脚不离岩石，岩羊头顶着雪山

神，从来不在高处，也不在低处

在路上

2021 年 2 月 23 日

碑

再疼都不会喊出来——

从一块石头中

取出一个人的一生，需要磨去棱角

把躺着的石头立起来

有人会把头磕下去，膝盖

触及野草的锋芒

咬一咬牙，再疼都不会喊出来——

母亲走后在我心上

放一块石头，不刻字

人间配不上

行走一生，该让她躺着，看一看天空

2021 年 3 月 24 日

这人间，没有什么深仇大恨是不能化解的

晴天下冰雹，五谷站着接受天罚，残躯仍旧能够

挂起棒子，算是黄金的感恩词

杜鹃生蛋在别的鸟窝，完全是充分利用了

身形像鹞的恫吓，小鸟孵出，义母完全不把它当仇人看

这人间，没有什么深仇大恨是不能化解的

万物皆有慈悲心。那场雪打倒母亲，我反而更爱雪

2021 年 3 月 9 日

一个人轻声哼唱，或大声呼喊

轻声哼唱的人，一句歌词也不会吐

像一只埙。更多时候

应该是一支箫，有事无事总会从鼻孔中，发出

闷哼声。并不是因着喜悦

母亲一声接一声地唱，我一遍一遍地听着

大声呼喊是四叔的专利

一句戏文也唱不清楚，从嗓子眼里

喷出来，像涌泉

但我知道并不是因为悲伤

一个无忧虑的人

即便是天塌了，他也从来不会紧张

逼急了，石头也会叫

在人世的凿子下，疯狂地喊着，听不清楚——

2021 年 3 月 25 日

163

写给我的村庄

给春天的情书，在一场细雨后打开

野草执笔描下的清风咏读

好久不动笔了，我在今春写下一穗麦子

一根苞谷，一个洋芋

翻新过的油画，古朴中有了新意

白云也愿意落在媚眼上

时光的波长有水纹状

燕翅划过水面，村子娇羞得像待嫁的新娘

2021 年 4 月 5 日

当野草以为自己是春天的一部分

人们喜欢观赏牡丹

花瓣上写着妩媚娇艳的话语，俘获动荡的心

春天早已忘了

第一缕春风恰恰在草芽上

归来——

季节的交接仪式，并不会记录下

春天是如何乘风归来

只是把最亮的光递过去

在这个世界上

没人会在乎是谁从冰雪手中托出生命的春天

当野草以为自己是春天的一部分

所有的花朵，张开嘴巴笑出声来

2021 年 6 月 11 日

天性

再烈，阳光也取不走

地膜下的水珠

钻进土里，才算走完敬献的路

父亲在菜园子里

铺上地膜，一是保墒，一是保温

为确保能尽早吃上

成熟的蔬菜，给我们解馋尝鲜

父亲提前用掉仅存的时光，只为给我们

最好的，正如地膜

甘愿被阳光融化，也要生出更多水珠，给泥土解渴

2021 年 7 月 5 日

低处的雨声

我是黑夜的灯芯

蛰伏在雨水的大缸中，等着被点燃

疲劳的夜晚

听任杂草从眼眸深处

长出来。雨水凌乱

需要静下心

摸清水的脾性，在低处

所有雨水的节奏

都与一个人的呼吸有关

那是两条溪流

终年向下，终年潮湿，终年仁慈，终年呻吟

2021 年 7 月 23 日

露珠从草尖上滑落

像一个人的失望

更像把水桶提到了井口，又掉下去

有两种可能

一是挂在草尖上，等着

太阳收走它的光明

一是让它融进泥土中

都是重生

学习露珠的人没有那么幸运

哪一种可能都不是

重生的可能，野草有能拔高土堆的可能

2021 年 8 月 4 日

若干年后

若干年后，我将用现在的诗稿

生火，熬茶。取暖

的事，就交给硬柴，毕竟一首诗热量有限

毕竟一首诗中埋不下

多少可燃的

真理。我想要的可能，需要冷却

回炉。重新再造

词语的天下从来不受制于

人——

这渺小的个体，只在诗歌的表面，徒劳地耕种着

2021 年 8 月 7 日

底色

想象的天空，雪花

枝头上，虚无的星星

飞鸟——

这黑斑擦不去，一入深林

透明的梦境

该如何真实面对？这世界，非黑即白

有人用一生

只为证明站在光中

有人在黑处

不愿意走出透明的幻想。当

生命只剩两种颜色

站在哪里，都是站在自己梦里

所有对立只为

统一，所有恐惧只为安抚，所有爱都有遗憾

2021 年 8 月 8 日

鹅绒藤

高度完全由攀附物决定

表象上清晰的事物，一眼就能看透

有些事情从来如此

外观无法决定它的内涵

鹅绒藤体内藏着

多少鹅绒，要等着阳光炸开

它豆荚一样的刀身

一片白云就是一粒籽种，攀附

并不能让藤条

重新进化，长出坚硬的骨头

也不会因着攀附出名

大自然中，两株草木，互不相干

2021 年 8 月 29 日

绊脚石

它不应该是石头，它的确是石头

横亘在通往圣殿的十字路口。

多少人倒在这里，草籽从骨头里长出来，绿叶一片

它不应该是绿植，它的确是绿植，覆盖着的凸起，陷阱

走到这里，我选择了驻足

像面对一座至高的神的住所，看见发着微光的——

我不知道这是否是星辰的眼睛

而孤独的花，从此遍地开着，形成一道屏障

2021 年 9 月 28 日

没人理解马兰花举着黄金的太阳是为了什么

我曾问一株马兰花

在黄昏的暖阳中

两株脱离俗世的草木，不追究昨天

也不追求明天

更不会在意今天会不会

有一场凝霜——

天空撒下的盐粒，算不算调味

虽然我并不理解它

举着黄金的太阳是为了什么，在霜降前的山野

遍地都是马兰花

站在大风中瑟瑟抖动的坚骨

一种无形的抗争

活着，就该经历霜雪冰冻，才不算枉活

2021 年 10 月 3 日

踩着虚无的阶梯

踩着虚无的阶梯，我攀上

虚无的住所

拥有虚无的月光，坐在虚无世界中

做了虚无的王

摸不到万物的心跳

唯有孤独

愿意与我这样虚无的人，为伍，也为伴

晨光从虚无的天空

射下来，虚无的温暖瞬间

穿透虚无的墙壁

这虚无的囚笼如何也困不住

虚无的逃离，当

一切虚无的堆积突然塌陷，包括阶梯

虚无终将只是

一场梦，真实地存在于虚无者的梦境中

2021 年 10 月 6 日

秸秆盖不住村子的忧伤

掰完苞谷棒子，砍倒秸秆

父亲就又老一岁

一年一年，直到把他砍进坟墓

更忧伤的是村子

眼看着父亲越来越接近泥土

却无力扶起他的腰身

终有一天会离去。村子的失落

与担心，看得出来

在黄金的秋天里，颜面上

没有一丝兴奋的神色

像老早就被霜打了的柿子树

我在北风中

半睁着眼睛，企图在梦中重游过往

那时候苞谷是粮食

秸秆是饲料。今天，秸秆连烧柴

也用不上，苞谷——

早已不是救命稻草，一种孤独的陪伴，或者工具

2021 年 10 月 9 日

175

爬过秋天的藤蔓像攀缘的人走向绝壁

秸秆倒下去，粮食的一生

算是走到了尽头

爬过秋天的藤蔓像攀缘的人走向绝壁

拈花的指头搓不开

额头上的愁云，行遍天涯的脚步

防不住踩在村庄的痛点上

悲伤像一场早来的雪，压断枝头

明天将去往何处

深雪中埋下的脚印，不会久存

如果根还在

春风一定能扯出内心深处生命的春天

心死了——

藤蔓搓成绳也拉不住一个想走的人，不管大雪如何弥漫

2021 年 10 月 10 日

血藤

一场雪逼出深埋体内的激情

大风不停地吹，寒露第三天的午后

阳光从阴冷的囚笼中醒过来

照耀着，她从墙内水泥地下钻伸出来

爬上墙头，伸出墙外

只为一生一次的红。走向冬天腹部的藤蔓

叶子挂起旌旗

仿佛能够听到冲锋的号角

围墙挡不住

向往春天的生命，墙外的天空

大雪一场，阳光一缕

精彩的肯定，大风扬起藤条，人世的深水有了回声

2021 年 10 月 11 日

鸟鸣

时钟一样，从来准点叫醒晨光

出门去的人不用看表

有一段时间，出走的脚步留下所有痛苦

村子无法承受时

鸟鸣也背不起这巨大的空旷

远走，无奈的选择

寂静不是惩罚，却是一种警醒

直到来自村庄的月光

爬上阔大的落地窗，鸟鸣又起

古老的村子，像

丢失很久的银饰，朝霞调动

温暖的方式

在鸟鸣声中，站在田块边，看阳光洒满大地

2021 年 10 月 13 日

阿尔的星空

鸦群飞过麦田

麦子捧着谁的信仰，星空浩渺

蓝色旋涡中

通往神殿的阶梯毫无规则

画出最亮星空的人

留下自画像，留下世人无法解开的谜

星星穿过云彩

在人间寻找对应的眼眸，清澈，神秘

2021 年 10 月 16 日

静物

把欲望、分别、爱、家庭

摆在桌子上。我的理解一直都是这样

必须盯着看下去

从生到死，直到最后化成

一缕空气，轻飘飘的

远方远比一幅画，看不见的背后

更远，如果看透了

重新面对桌子上的苹果、梨、桃子、硕大的石榴——

没有被诅咒的语言

连同一个人的思想与艺术，文字静静地放着光

2021 年 10 月 17 日

花园里的塞尚夫人

我曾为凡·高先生的画作

写过三百零九首诗，看似相同的笔法

有着完全不同的意境

凡·高先生更为大胆自由，火一般的

奔放像喷泉

塞尚夫人宁静内敛，眼眸深处

享受的生活用安逸无法

描述，凡·高先生笔下的夫人，大都有着

对生活无尽的渴望

火一样，能烧掉一切干柴

花园里，独自开着的

花，仿佛外面的世界，与它没有任何联系

2021 年 10 月 17 日

火的最初形态

不是木头。围裙始终天空一样

执掌灶火的人——

握着一个国家的命脉，连同粮食的丰收

火越旺明天越清晰可辨

透过火的眼，能够窥见我们的未来

衣可暖身，饭可果腹

火的最初形态，一个人用生命延续

当光阴在某一个

飘雪的清晨收走她的天蓝色围裙

像断线的风筝

几乎所有的火当即灭尽，空留木头堆成堆

2021 年 10 月 23 日

轻风半声

像一个人不完整的叹息

轻轻地划过去

又轻轻地划过来，苞谷叶子

动了一下

又动了一下，掰苞谷的人

怀揣最后的秋天

倾听轻风与叶子的对话

在露水发现他

之前，阳光早已伺机取走了

奔跑在叶片上

诱人的精灵。多美的清晨

霜降之后的北方

与孤独为伍的人用仅有的时光孕育春天

2021 年 10 月 25 日

隐于闹市

浑身褴褛也遮不住

原本名贵的，娇艳的花儿

人间不过是吃喝

然后才有了一切所谓的欲望

她不一样

放下一切欲望即注定

活着只需吃喝

洒脱一定是提纯的致幻剂

芦花的自由比不了

她心灵上的超脱，蒲公英的翅膀

比不上她——

无形中降临的天使

在喧嚣的闹市

她听不见别的声音，也无须听见

2021 年 11 月 4 日

落叶与抵达

仅仅是一次幻想，震撼的是一场雪

让这一切变成了现实

霜冻裹住落叶，像一个人抱住石头

生命有了更为沉重的记忆

在大风天，向着大地叩首不是容易的事

一次死亡的抵达，美丽才有了更为现实的意义

不由自己的命运，不该成为道具

为一次盛大的凋零，所有走过的路，都是值得的

额头轻叩大地

雪花什么痕迹都不会留下——

2021 年 11 月 6 日

吐穗

日子变得单一

像一个人吐出一腔怒火，麦子吐穗

阳光一样执着

秋天的存在才有了意义

黄金的约定更像

生死嘱托。活下去就有明天

父亲坐在地埂边上

说出这句话，我就像一个旁观者

轻风摇动麦子

一心向上的实在事物

饱满地活着

走向死亡是值得的，在这方面

我更像一个

虚无主义者，一生吐不出一根向上的麦芒

2021 年 11 月 18 日

十月

一想到青海，心一下子野了

雪花一样飘着。石头拥抱阳光，心就软了

再往前，沙漠就是我的

江山，美人，诸神，光明诞生的源头

一滴水不说话，阳光也不说

滚烫的黄河水，草木读懂其中隐含的

人们读不懂的诗意

生命是一缕透过窗户的阳光，坐在嫩芽上

向着天空的枯草——

手握尖矛，多少爱才能把一滴黄河水凝成一枚雪花？

2021 年 11 月 25 日

枯草站着的意义

父亲不倒的原因，我揣摩了很多年

你看，大雪一落就佝偻着

像一把弓，从侧面看上去更像一个问号

春风一吹就拉满弓弦

我就以为父亲为了春风。这答案

后来让我给推翻了

春天一来，他把所有的空地都点上籽种

好让我们能在最好的时节

吃上最新鲜的瓜蔬粮食，把他的

新光阴吃成旧岁——

以为父亲为了我们，直到看到他

为了荒地难过，才明白

他这一生只为粮食，像一株枯草，站在人世的大风中

2021 年 12 月 5 日

奔跑

在雪中，不必有任何惊悚

或担忧的神色

摔倒了，或爬或躺都在雪中，棉花一样

受伤的从来都是雪

膝盖软了，深雪捧着

再怎么沉重的

悲伤，雪挨着雪也只是轻轻地

相互呻吟。不必

尖叫，每一次落脚都会

有一个声音

鞭子一样抽在后背，迎向春天，迎向真正的意义

2021 年 12 月 7 日

不要出声

如果你觉得苦，不要出声

想想黄连，揣着一腔苦水还想着如何

清除人们体内的火毒

在深水中，在大火上榨出慈悲

心肠从来如此

如果你觉得疼，不要出声

想想桂皮树，剥得精光赤条

笔直地站着，生出更多香

如果你实在想吼

愧疚的时候可以试一试，面对大地的隆起

2021 年 12 月 8 日

黎明与黑夜

父亲很早就醒了，我在梦中

听到他辗转的动作

怕吵醒我，硬等着体内的时钟把他推起来

我感觉到时间在父亲

这里，几乎成了理论上的龟速

白天等不到黑

黑夜到黎明要经历几个世纪

香烟的味道是乡愁

家的气息，在这个男人身上，混合着炕土

推开窗帘迎接晨光

推下夕阳，拥抱黑夜——

2021 年 12 月 14 日

月光落在霜上

跨过苦水河，去追逐

不确定的未来。母亲站在河边上

像一个感叹号，越来越小

月光落在霜上

她就成了一个句号，附在

一行未完成的

诗句后，接受一生未完成的命运

多少年来我依然

无法忘记，上初中时

为我送行的母亲

瘦小的干柴一样的身影

一把烈焰

所到之处月光溶化，山路光明——

2021 年 12 月 14 日

那片麦子地里的月光

月光下的麦田是动人的，在现在看来

风吹麦浪的确能让人陶醉

跟着母亲拔麦子，天不亮时

趁着柔软的月光，趁着潮气锁住麦穗的嘴

麦子胸中雪一样的慈悲

是说给石头的，再由石头的牙口吐出来

母亲的一生都在与月光争抢

为伍，也为敌——

我极不情愿，在黎明前的黑暗中

醒来，接受月光的洗礼

在今天想起，那片麦子地里的月光

可我找不到早起的理由……

2021 年 12 月 15 日

193

稗子举着露水

稗子举着露水，月亮坐在叶片上

一样的秋天，一样的阳光

垂头的水稻张口吐出黄金，炊烟一样

从春到秋的经历一样

风来挡风，雨来吮雨，低下头的稗子

也成不了水稻

经历水稻所经历的一切，站成一株稗子

2021 年 12 月 17 日

拾光阴

家穷不是罪，懒惰不可取

在我的老家流传着这样的俗语

为让我们明白苦中有甜，懂得吃苦中苦

我们很小的时候

要学会早起拾狗粪，那可是黎明

天还未亮——

挎上篮子提上铁锹，沿着

大路，寻找野狗

走过的痕迹，顺着墙根能找到

上好的狗粪是家肥

那个年代凌晨四五点钟的天空

月光瑟瑟发抖，星星

拼命睁着眼，希望落在草尖上成霜

后来都成了生活中

不可缺少的银子，光阴放旧了会成为陈酿

2021 年 12 月 18 日

寺院上空的月更亮一些

我不会去追究这是否为一种幻象

每路过万寿寺，都会

抬头看看，总以为寺院上空的月更亮一些

若是无月之夜，天空

会更明。钟声一响，人心就静了

目光会看得更远

细小的事物都能放大，比方慈悲

比方这世界喧嚣的病态

与当时寂静的场景，宁静的内心

对比鲜明——

常常在焦躁不安的时刻，用晨露

上涸开的钟声安稳

以缓慢的节奏把身体浮在水上，盛接月光

2021 年 12 月 19 日

霜花也有骨头

短暂的一生，也有高光时刻

直接、热烈的拥抱

表达从不复杂，扑上去即是开始，也是结束

披上阳光如同飞蛾

扑向火，爱就是这样，明知道会死

依然不忍放下

执念。霜花也有骨头

站起来就要露出锋刃，倒下去

一定要听到碎裂声

在自由与尊严的搭配中，宁可站着死

一枚霜花，绝不会卧着生

2021 年 12 月 19 日

容器

画上星辰，夜晚装得下

一切发光的事物

陷入双眸中，看着一些人生，看着一些人死

一堆黄土埋住一个人

装不下她的一生，野草举着惊雷

打下一片江山

旁边空出一块闲地，等人来

木头做成匣子

没有贵贱高低之分，不能装灵魂，不能装阳光

大地什么都能装得下

多少人把一生交出去，并不是

心甘情愿，多少人

一生只在寻找一个安稳的住处活着，走向死亡

2021 年 12 月 26 日

第四辑　泥巴自述

轻如月光

听不到脚踩泥土的声音

像雪落下来，更像月光，痕迹都不留

早几年他不是这样的。好像

日子收走了他

全部的重量——那些能够踩穿地球的响动

像一个光明拯救者

在清晨，从黑夜腹部扯出朝霞

在黄昏拉下暮色，轻如羽毛的人

在用脚步丈量生命，每一寸月光都没有刻度

2019 年 12 月 31 日

没有比草更硬的

割不尽的是草，烧不光的是草

起初我不太相信

这些在风中摇摆着的渺小事物

直到良田把江山

交出去，才愿意重新审视，一株草

阔大的家国意识

英雄相惜，村子正是靠着草

才没有倒下去

由此来推算一株草的坚硬程度，不亚于一个人的脊梁

2020 年 1 月 1 日

耕者

幻想中的诗意，从来都不缺乏美

在平坡川的田野上，躺下来闭上眼，会有云朵扑下身子

亲吻或抚摸，像久违的爱人

这不是什么秘密，留在我眼里的永恒也不是

当夕阳拉长影子，黑夜拒绝祈祷

2020 年 1 月 8 日

那条路

我相信，路和路几乎完全相通

像人体的血管。血液

最终都要流回心脏，才能立起来成为坚骨

父亲就是这样

把一条路走成坦途，包上岁月的浆

月光坐不住

会一寸一寸滑向远方，我们顺着

月光，远走他乡

那条路，送我们风光出去，迎我们落魄归来

整个过程毫无怨言

2020 年 1 月 11 日

迎雪

雪的背面会不会一定就是光明

我都不会承认

迎着落雪，需要很大的勇气、胆识及韬略

记忆中，只有父亲

迎雪而立是他一生的常态，雪之重

无法测算，脊梁不弯

会一遍遍漂染他的黑发，直到接近雪色

春天一来，雪承认输了

可他们都太渺小了，风一吹就人身倾仰

2020 年 1 月 12 日

我总是与光明相向而行

从梦里归来的人

还放不下梦里的所见、所有、所悟

比方说

从人的潜意识中去想象，一朵云彩背后

必定是光明

面对光就是面对灵魂的刽子手

饮过雪水的人

必定知道星空的味道，和月光的温柔

从梦中醒来的人

正在庆幸还能够正常地呼吸，光明的赏赐

赏赐便是光明

接住月光的人轻呼我的乳名

展开羽翅，与光明相向而行

2020 年 1 月 13 日

守旧是一只鸟的春天

没有暴动，没有抵抗，没有水火不相容的仇恨

一只鸟守着破败的住所

如同守着春天

和春天补发的邀请函：花儿开了，你是否会来

总是学不会接受

新生的一切，像一个抽象的符号

迷失在

百花通通绽开笑脸的春天

清脆是新式发条

时光的波纹，最具琴弦的样子，弹一曲送别

2020 年 1 月 14 日

砚

神并不知道，一块石头

能让清水变成墨，并不是砚台自身具有魔力

雪花铺在人间的诉状，洗不净

有些事，不管什么时候去做，都不算太晚

比方说，用狼毫申冤

假若膝盖中有风，而那些寒

必须通过研磨，才能够把一截腿骨做成墨棒

2020 年 1 月 20 日

棋

剩下的腿骨做成了棋子

神赐我木头以替，乌鸦带着黑哨兵巡游

麦田上空，人间的烟火

早已失信，我是天空摆在人间棋盘上的子

每一步都要遵循规则

没有谁可以逾越。蹚过河水

木头腿的膝盖榫卯处埋有瑕疵，终将是弃子

2020 年 1 月 20 日

琴

那人，自己耕种，自己制琴

把粮食秸秆抚出琴音，或忧伤，或欢快，原野辽阔

那人，仍旧是以秸秆为弦

笤帚，扫帚，笸箩，簸箕，都是能够兜住

生活的乐器，集聚苦甜

在五谷的琴键上奔走，那人

是良田的主角，是回忆的册页，生死不详，内容广泛

2020 年 1 月 21 日

柴

不能让灶膛里的火焰熄灭

切记！那是一个家最后的明灯，一个人眼里的希望

不能让潮湿的空气接近

不能让任何人知道，虽然断炊已经成为

事实，当黄昏驾临之际

有人会以肋骨烧水，做无米之炊

不管水里有没有金鱼游过，野草只管吐出熊熊烈火

2020 年 1 月 22 日

野草站着吼

理论上，站着必须要有一副

好膝盖，才能赢得一时的胜利，才能握住晨阳

才能留住夕阳

在这方面，野草从未输过

父亲见证了这一切

一个眼里不揉沙子的人，听风中的野草吼

居然会流泪

我相信他并不是因为悲伤，更多是因为他还要活着

面对仅存的一个人的日子

偏偏生活毫无捷径

偏偏野草长势喜人，一茬比一茬攻势凶猛

2020 年 1 月 25 日

角色

阳光打照下来

需要以一个男人的身份开始新的一天，拖地，早餐

然后才是诗人

但我不写诗，我只积攒阳光

满屋子都是

等到夜晚，把阳光取出来，整个屋子里都是春天

此时，我是一位父亲

让花草长出来

把最美好的那一部分，给我的孩子

告诉他们

庚子年，你们扮演了春天的所有，和整个春天

2020 年 2 月 8 日

213

平坡川

怀抱干柴，等不到能够点燃火焰的人

柴火把一生交给雨水

没有完整的牲口圈

墙塌了，没人愿意重新砌起来，父亲是唯一

把猪圈翻新后，空闲的人

月光不再为数不清脚步发愁

空空的堡子里，只住着四奶奶，和一群麻雀

2020 年 2 月 23 日

镰刀与秸秆

因为父亲，镰刀一直都没有挂上锈色

因为秸秆，人世的潮水一直都未侵染镰刀

总要有人先放手

我仍旧没有准备好，父亲一天天在抵达，丘陵中空

秸秆一直都想活下去

让人绝望的是失耕的家园

野草企图拯救世界，兵临田野，兵临墙头，枯草爬上父亲的

头顶

时光的镰刀失了锋，任由秸秆在风雨中腐烂

2020 年 3 月 3 日

桃园是巨大的人世

像是个迷宫

月亮悬在心上，银钩一样，更像一把弯刀

桃花的逻辑从来猜不透

我爱这人世的警告

靠近它，被点燃，被融化

多么美好

抵达你从来不是目的

我爱这流水中竖起来的冰窟，桃园是巨大的人世

并不是我的设想

事实是，我曾试图亲吻一朵桃花时被伤

亲眼看见，它脱下嫁衣

在迷雾中捧出一颗火红的心，献给黑夜

明月朗照

2020 年 3 月 27 日

桃花园里看桃花

只能远远地看着你

不敢吻下去，害怕被点燃，朽木体内的火焰

流水会化成灰烬

桃花看着我，和我看着桃花，本质上一样

点燃我会让它的心

迅速衰败，一朵花的伤疤，我汹涌的泛着泡沫的流水无法修复

时光的线团解不开

酸雨从眼眸中珠子一样滚下来

腐蚀了如画的景致

一朵朵火的君王，扑过来，突来的危险让人无法轻松抽身

需要打破陶罐取水

清风一吹，我空空的肉体，有了坝音

2020 年 3 月 29 日

一枝桃花点燃了我

点燃春天的

点燃了我的爱，我的恨，我的利刃或钝刀

一束目光成了历史

成了坟墓

我的肉身在水中，漂浮，爆炸，只剩骨头

终将会成为过眼云烟

囚禁过我的，也囚禁过

一枝桃花的旧梦，都是我的仇人，都是我的爱人

一切都不必小心地去做

若是未死之身还能够被点燃

那么有劳了，趁着锈色还未控制时间

2020 年 3 月 30 日

阿修罗

不必穿过洞窟，不必脱离壁画

天道里不会有自由，地狱道也不会有自由

不必在乎容颜

做一株草，春来而发，秋到叶黄

冬天举起一把火

束缚，是透明的，束缚也是虚无的

当你从来不会在乎

位置也是虚无，不论以任何形式存在

隧道始终都是穿越的工具

非神，非魔，非人

无非是一种挑战，无非是一种抵达

2020 年 4 月 3 日

茧缚意志不坚定者

从田园人到城里人，用了十年

从流浪者到田园人，可能需要一生来担负

茧缚的从来都是意志不坚定者

多少娇艳的桃花

也无法挽回一个执意要离开的人，即便满园桃树

晃动胸膛上的烈火

桃花的意志从来如此坚定

阳光一样，开的时候

拼命地吐尽芬芳，落的时候命都不要了

曾经告别桃园的人

想要再次回到桃花园的属地，桃园仍旧如一

不同的是归来的人

始终要承受被动，来自肉体上的问询，或质疑

2020 年 4 月 7 日

爱不必说出口

桃花只是解开胸衣

爱，或不爱

被点燃，或扑上去燃尽，都是无法控制的情欲

明知会不受控制

始终放不下，那一丝丝温暖

把自己交给春天

可以抵挡一切虚妄，敷衍，一朵桃花需要重新审视

爱不必说出口

一树桃花用眼眸点燃火焰，在娇躯上奔跑

顺着春风的方向

阳光坐在桃枝的花瓣上

只字不吐

2020 年 5 月 1 日

鸟雀衔来一片夕阳

日子久了，日子也会生锈

时间长了，当鸟雀衔来一片夕阳

这突然的温暖

独守村子的人有点难以接受

和久不回家的我们

踩着最后一丝黄昏，在混浊的眼眸里

落下去时站在父亲

面前一样，惊喜有时是盛装

有时会让一个人

迷失了方向，会把落日的余晖当成

黎明的朝阳一样擦拭

珍珠从脸颊上滚下来摔碎了，满地都是夜晚的星星

2020 年 5 月 13 日

掌灯的人

儿子，接住这盏灯

你是光明，唯一的执掌者，执掌命运的灯盏

阳光也会迷惑人的双眼

一定要记住月光的好处

不是因为提醒，在无光时刻请记住了

灯在前，你在后

如果有人蹭光，记得告诉我

那或许是我一生从来未触及的目光

2020 年 5 月 21 日

露珠上

庄稼的心跳，野草的脉搏，露珠摸透了

万物的脾性

落雨的时候流成河

天晴时身背阳光，在叶片上跑成闪电

唤醒村子古老的梦

露珠上，有无数次轮回中醒来的修行者

一枚露珠就够了，装得下

一个人的一生；一枚露珠就够了，一个人的一生装不满

2020 年 5 月 22 日

唯一

我曾背着星星走过的路

早已不再，星星也只是活在心里

像一盏快熄灭的灯

从来不曾放弃照耀，发着将死的昏光

无人的夜晚，我会铺开它们

在草尖上也好，在眼窝里也好，都是温润的珍珠

唯一让人不能接受的

书上的说辞，人死后会变成星星。唯一不敢相认的

那么多星星，哪一颗是母亲

2020 年 5 月 23 日

如果雪花是情书，落叶一定是退信

春天收到了所有情书

来自纯净王国盛大的爱的敬献，生命的形式

需要三季才能把落叶还给大地

人间的退信太过苍凉，没有谁会在意悲伤

今日重逢，不必忍耐。如果是真情

请尽情吐露；如果是真心，春风的剃刀会验证

十里之外，雪花纷飞；十里之内，春风和煦

如果秋风不愿提及，请立地成书

2020 年 5 月 24 日

我说的人间

我说的人间，还没有来

发光的事物早已融化，在角落里熟睡的人

也许是春天的籽种

孤独的并不是钻进土里的露珠

在人间，我们必须摈弃一切虚无的浮华

如果必须取下一根肋骨

愿意重新雕刻，必须从骨头中取出仅有的白

多么孤独的灵魂

却无法代替盛大的春天，给人间一个拥抱

2020 年 5 月 24 日

大风经过田野里

留下了麦子，留下野草，留下了父亲的心愿

胸怀慈悲的事物不愿意

戳破父亲的梦

不像我们，什么都会带走，包括父亲的心

留下一丝残旧的月光

在大风中演奏着，愁苦的哀歌

粮食从无认输之举，父亲总有惊世之帖，在大雾中

跑成马匹的，在田野中向大风致敬

2020 年 6 月 14 日

磨镰刀

像磨着他剩下的光阴

父亲拖着镰刀，在磨石上走一个来回，他仅存的日子

一定会少一截

他并不在乎，即便明日为末日

他仍旧赴全力去解救，身陷囹圄的人，或一穗麦子

三弦琴拉着悲歌

磨刀的动作几乎接近于拉琴

父亲的琴声都交给了良田，粮食，良心

琴声呜咽，荒草萋萋

2020 年 7 月 6 日

你说

你说月光守旧

我便不敢一个人望着月亮，独酌也好，静坐也好

你说月光健忘

我便不敢轻易习惯，没有北方

你说黄昏低垂，天色暗淡

我便担心落日不再升，你的膝盖早都软了

我又扶不起，父亲

你说习惯了白昼太长，习惯了黑夜太短

雨水少的一年，你说

亏得有先见，老屋上的旧时光抠下来，能当茶饮

2020 年 7 月 22 日

也许

也许这美景，已不能彻底唤醒

灵魂深处的那双眼睛

也许这轻柔的风，已不能从根本上降下体内的酷暑

空气中弥漫着你的味道

坐在树荫下，心中的烈马

一次次狂奔

我们合唱，声音中重生的人间，野花

不灭的烈焰不死的鸟衔着

乌鸦蹲坐着，一朵半开的黑玫瑰

风在草尖上笑出声，没人想留下这独美，这美根本无法挽留

2020 年 8 月 11 日

麻雀

又一次写道，一根不能再触碰的弦，独奏的悠扬

最容易让河流决堤

习惯了在土里刨食

习惯了与籽种相互依存，失锋的镰刀

让野草失去了节奏

没命地长，麻雀们没命地后退

我面前蹲着的这几只

成了唯一的风景

夕阳洒下来，我不敢惊动，村子仅存的火种

2020 年 8 月 12 日

沉默的野花

像两个彼此熟知的老友

我不说

它也知道我的孤独，它不说，我也知道它的寂寞

大树挡住了阳光

迎着风

它悠闲摇摆的样子像一个老练沉稳的剑客

见多了江湖纷争

它明白这地埂并不是久存之所

细雨落下来

它仍旧张开嘴巴，垂下头

毫不掩饰，吮吸着上天的馈赠

我吃过人间的粮食，却从未跪拜过一次，耕种五谷的人

2020 年 8 月 14 日

233

从不担心找不到新意

在低于草木的村子，从来都不担心

找不到新意

只要你愿意大声说话

神灵什么都愿意

降赐，一场雪崩或一场暴风雨

野草是个人名

五谷也是个人名，在平坡川

只要你愿意大声喊

她们都会应声，野草长出新芽，五谷拔起腰身

只要一个腰身坚挺的人，和一把锋利的镰刀

一切都能回到原来的样子

2020 年 8 月 20 日

高度

南山梁的高，从来都靠野草撑着

装梦的篮子盛满星星

埋下的愿望：那水里缓行的纸船，帆上写着晨阳归来的时间

黑夜掬捧着那人的脸

属于季节的，也属于守候季节的人

春风的高度

一直都由耕种五谷的农人顶着

秋天只是投名状

雪花开满山坡，大地的高度

从来缥缈不定

人世间，没有恒定的高度，只有低进泥土里的籽种

2020 年 8 月 21 日

霜花点染

秋霜不光有锋刃

也有慈悲的心肠

点染苞谷的身子，秸秆才愿意卸下一身戎装

苞谷棒子才知道害羞，挂起一抹红云

点在父亲头上，不会立马见效

冬天来时，会加深一场雪的厚度，迎接春天花开

2020 年 9 月 18 日

群山之魂

从来不敢高于一棵草

在阔大的宇宙中，不敢高于一片雪花

一株草木的硬，一片雪花的硬

光明与黑暗从来都是孪生，父亲与土地胜似弟兄

在人世，仰望群山

等同于仰望

草，仰望父亲，机会合适就应该献上膝盖

我明白，伟大并不需要

渺小来衬托

而我，就想跪下去，面对群山，面对草木

面对父亲

2020 年 9 月 23 日

一枚叶子砸中了春天的腹部

疼痛不会立即泛起来

早产婴儿分娩的过程曲折而离奇

我记忆中的春天

穿过冰雪的封锁，血淋淋的事实

没人会在意它的价值

一枚绿了春天，黄了秋天的叶子

浓雾退下，薄霜趴在草木上

大地什么都没有失去，霜花谢了，雪花接着

——开

2020 年 11 月 8 日

我想要的冬天可能只是一座孤岛

没有名字

如果有，一定是一场大雪，只有妈妈才配得上

——这纯净

雪线

我想

月光一定是属于我的，全部——

阳光变数不定

通通给你们，给需要解冻的人

花瓶不会有借口

我想要的冬天可能只是一座孤岛

表情是凝重

动向是水，拍打堤岸的声音

被困者拼命

突破瓶颈，像只专门的金箍

幸好我没有船

幸好我只是光

幸好起伏的船只并不能动摇我，坚守阵地的决心

2020 年 11 月 9 日

铺满落叶的黄昏

堆积的落叶，厚度是一个人的一生

夕阳扑上去，弥补一个人一生光阴的长度

跟着母亲扫落叶

我以为背回来的是填烧灶膛，其实是母亲的时光

扫一次就少一次

流水一样，不可回头，在铺满落叶的黄昏

不敢轻易放脚去踩

落叶碎裂的声音，仿佛是一个人在咬牙坚持

不被生活征服，也不屈服于光阴

扫落叶的黄昏，背回去的可能是一团火焰

温暖我的童年

温暖我的中年，温暖是一片飘落的叶子

2020 年 11 月 11 日

触感

桃花开时，想起做乞丐的你

蔚蓝的天空明镜一样。那时候，轻风第一次触碰

你的小乳房。蚕豆一样

空气中没有荷尔蒙，只是他手握的画笔，轻颤了一下

宣纸上落满了，花瓣，叶片

秋天并不能让人心碎，画笔像一支尖矛

那时候，你我同饮雪水

那时候，杨柳拂面，春雪压枝，野草吐蕊

2020 年 11 月 15 日

丹顶鹤

那个女孩走了

丹顶鹤替她活下去，倔强孤傲的鸟儿

延续春天的火种

白茫茫一片，芦苇

纯洁的证词，为女孩接近天空的梦

一个男孩接过

丹顶鹤翅膀下云彩编织的诺言册

沼泽有填不满的欲望

仍旧是芦苇

仍旧是纯净的雪一样的国度

又一个女孩——

接过阳光，洗去心上的阴霾

丹顶鹤回来时，世界仍旧白茫茫一片，如雪，如云

2020 年 12 月 1 日

在一中校门口

雪花落在他头上，又加深了几许

他走得太着急的岁月。手提饭盒，跑赢一场雪

时光和他作对

脚步踉跄，冰板和他作对，这一跪

黄昏极速前进

夜幕落下来架在他肩上

像问佛的人

双手捧着饭盒，像捧着旺盛的香火

大雪最终会湮灭什么

大雪不做解释

大雪会留下轻微的响声，像一种啜泣

躁动过后，只有

大雪还在不停地落着，像一群孩子

追着跑着

奔向何方没有定数，黑夜越深，宇宙越虚无

2020 年 12 月 3 日

泥巴自述

干净时看看白云

穿上花衣时看看大山，美不必描述

泥巴成就泥匠，灵魂却是泥匠的

全凭一颗真挚的心

莲出淤泥不染，青草出泥土不脏

世间万物几乎都由泥巴成就

泥巴始终还是泥巴，站起来是泥塑，躺下去是河床

2020 年 12 月 5 日

传承

我什么都不能给你，也不会给你

我的父亲

这样给我说的——

翅膀是你的，天空也是你的。今天，我说给你

你看——

小草只要有土

野花只要有根

你只要有梦，就是春天，独一的胜景

2020 年 12 月 11 日

和父亲通电话

天阴着，快要下雪了

他剩下的日子和落在春天的雪花没有区别

阳光并不能成就万物

我们谈及，给母亲烧纸

突然有那么一刻

空气凝滞，世界安静得能够听到雪落

像一枚枚暗器

还是父亲，往炉膛里添煤的声音

打破了沉默的僵局

他努力地想让火更旺，像是一种希望

仿佛我能够看到

蹿升的火焰，打照在他脸上，像春天的阳光

2020 年 12 月 13 日

第五辑

触摸

田野之上

蹄印中能够长出喇叭花，它们不会说出

这地方有它们熟悉的一切

田埂上能够长出冰草，它们不愿说出

这是父亲专意的留存

为提住田块与五谷杂粮的未来

这一生，他们相互对立，又互相依存，生死不离

2019 年 2 月 9 日

失聪者

村子被她养大的人遗弃了
像一个人活着的四奶奶，听不见风
对她的耳语

她们相依而坐，已无美景可观，我固执地相信她们
一定会相互触摸彼此的心语

目光是混浊了一些，山河是破碎了一些，月亮
像一个满溢的泉挂在她们眼里

2019 年 2 月 18 日

红心柳

红心柳长不高，却能够放得下

一个人或长或短的一生

前提是必须掏空一棵树的心，或解板成材

父亲也一样，唯独不同的是

他的体内有一条河，仿佛有流之不竭的水

河干了，就是一副好烧柴

谁都不愿点燃他们。红心柳不愿

喊疼，父亲不愿叫苦

他们合二为一，把根扎在黄土里，能长出光，福佑子孙

2019 年 2 月 19 日

星星峡

一块石头有宏大的气场

落日收起晒好的经卷，大地洇开墨色

一滴水失去了穿石的锋刃

野草放松紧绷的面容，重新堆砌

另一种意象，行者在日记本上写下关于美好的证词

点燃夜晚的并非星星，推开黎明的一定是露珠

托起的太阳

2019 年 8 月 9 日

丹霞辞

风的确是雕刻圣手

石头开花布满时光的年轮，红是山体的本色

红是赶山人的脸色

在石头上刻下密码，不必告诉世人破解之法

需要用舍生忘死的爱不断测试

孤独也不必说出来，朝阳喷薄而出

岩画一定会洇开墨色

在赶山人的眼眸中，一群露珠驮着盛大的人间

2019 年 8 月 9 日

杏树开始落叶了

像堆起一山黄金，翡翠、玛瑙

一个整体的珠宝魔盒

挑战我对自然的偏见。第一缕秋风刚刚吹响

这不是集结号。一片叶子就是一个立体的人

行走的一生。铮铮作响的骨头

父亲挺直腰身，等待一场大雪，镶上玉的肯定

2019 年 8 月 10 日

博格达长调

一动不动地望着，大漠失声

风一再放低身子

与我擦肩而过的夕阳，点燃夜空的灯盏

感谢沙砾留我完整的颜面

感谢野草留我柔软的脚程，感谢一路相伴的鹰

嘶哑是献给雪峰的长调，在黎明是透明的

在傍晚还是

梭梭草抓住地表，像抓住了具有诗意的远方

2019 年 8 月 12 日

洞明

我看见那些原本绿油油的叶子枯了

它们并没有落下来。经历过烈日，狂风，暴雨

及一个人的爱抚

重新回到起点，原来世界只是一场雪

并没有什么定义，还需要从一株嫩芽上悟出真理

而真理只是爆炸的瞬间

引线燃烧的过程，惊心动魄，之后是死一样的寂静

2019 年 8 月 13 日

转身就是秋天

脚踩草色，回首已是黄昏

秋天倒在镰刀下，广阔的田野肃杀一片

宛若时间的剃度者

两场风交接的仪式，简单，粗暴

霜白为代表，冬雪为王旨

丰收与歉收对于一个流浪的过客

毫无意义，野草举起黄金

作为田野的统治者，内心充满了慈悲与雷霆

2019 年 8 月 13 日

明月比流水孤独

像一个人缓缓打开的眼睛

又慢慢地闭上

整个过程我唯一能够收获的是流水

冰冷的月光，苍白的月光，比流水孤独的月光

碎了一地的是脚步

父亲就是这样，望着明月圆，望着明月缺

2019 年 8 月 14 日

独桨

借水势，浮萍给我答案

纵横海域的阳光把大把金币撒下

有了黄金

我在水面上写下：激流

平衡左右控制船体，像控制一段证词

命运是否可以控制？一支独桨的立场始终坚定

2019 年 8 月 14 日

风雪夜归人

迎着风雪归来的人

顶着风雪离去

雪打着灯笼，风睁着眼睛

在枯枝上等待一个衣衫单薄的人

钻进脖颈提醒他

温暖尚在。跟着风雪指引

能找到家，跟着风雪

不必担心身后事，一场雪

可以盖住一个人的一生，埋不住他的春天

2019 年 8 月 16 日

一只乌鸦的葬礼

一只乌鸦就是一个亲人

踩在雪地上的脚印

是人世的留恋。脚印不分黑白

人心却分贵贱

北风吹响哀怨的唢呐

悠扬是留在人世

没有说出口的话语。上天无药可医

白茫茫的重孝，是大地

举着的经卷，一行抬棺人是经文

枯枝敲打木鱼

草木念念有词，关于一只乌鸦的慈悲

2019 年 8 月 16 日

蹲在杏树下

叶子在鸟鸣中还没有唱完最后一曲

整树整树地往下落

一地哀号，我不敢捡拾清晨的遗梦

抬眼远望一道山，连着

一颗露珠，露珠的背后应该是朝霞

黎明轻轻托着一个村子

刚从睡梦中睁开的惺忪的眼睛

惊喜是一块石头

内心的说辞，手握生死的老人

让镰刀在石头上

走一遭，一钩弯月的寒光挂在苍穹

我小坐一会儿

微不足道的感叹号一样，蹲在一句话的结尾

2019 年 8 月 21 日

264

登临烽火台

狼烟已熄，战马归田

征战沙场的将军，刀枪入库

扬鞭耕田，谷子低头

麦子仰首举刺，维护父亲的疆场

登高望远，一片大好河山

土沃水肥人心良善，历史淡淡的走笔

我剥开夜色，寻找神秘的钥匙

没有企图，只想打开铁蹄，踏过文明的重音

辽阔的史书并未记载

琐事。取土为据书写辩论词

为一个朝代埋下伏笔

土质偏酸，水质偏碱，捏陶制瓦

父亲是坚骨的唯一

传承者，持有泥土捏造的肋骨，燃起就是烽火

2019 年 8 月 22 日

与一朵野菊花面对面

请允许我，卑微地致敬

像给一位头顶白霜的留守者赞美

清风摇动一朵花儿

吐出一个梦，谦卑，洁净

与第一片雪花齐名

父亲也是这样，立在深秋的寒风中

用生动的肢体语言诠释

一朵菊花的孤傲。我不会赞美

更不愿意去打扰

一朵花儿的清修，举起太阳，身背月亮

在一把烈火中取出真爱

野菊花在风中摇摆，它们深知低下头就是认输

2019 年 8 月 22 日

霞光是我的羞耻

这是我最力不能及的所在

霞光有没有嘲笑

我都感觉是一种隐隐的羞耻

至于对天空的感恩

至于我对父亲或家的冷淡和背叛

一抹云霞是最后的日子

对一个人的引言，村子从容淡定

父亲顽强抗争

一棵枯木都争取到了最后的机会

逢春而发就是希望

我的须发俱黑，却胸怀暮色

父亲，枯木，新芽

重生是他们内心燃着的火焰，霞光是我的羞耻

2019 年 8 月 23 日

草色帖

时间的遗产需要面对时间的伤害

向日葵也一样，需要面对太阳的质询。低下头

并不是因为谦卑

马革裹尸，它们并不是因为害怕

倒下，一切事物

都不会永久地站着，头颅越沉重

越孤独，人性的抒情

没有正确方向，躯体中有火

春天就一定会来

一粒种子是春天的态度，低头是本领

至于太阳的光芒

向日葵做了最正确的选择，走在阳光的对面

2019 年 8 月 23 日

接壤书

最后还是接过了权杖

父亲把一应农作物的疆域交给蒲公英

为首的野菜打理

整个村子显得如此平静祥和

一个放下江山的人

同时放下了内心的风雨雷电

征服的锋刃钝了

父亲与野菜之间毫无接缝

平展展的一张疆域图

草色的梦，粗犷的线条中藏着密语

关于与荒凉的战斗

这不是结盟，是实实在在的让权

肩负重任，蒲公英在风中

像身穿铠衣的将军，挥舞手中的黄金枪

2019 年 9 月 15 日

花椒刑

为了让我们清淡的生活变得有味道

每年秋天，母亲都要受刑

从花椒树上取下，身穿红袍胸怀黑珍珠的果果

她们是饱含苦难的姊妹

一树花椒不忍心伤害母亲，生来向外的尖刺

它们放不下，像母亲

放不下手握的锋刃，一致相对生活

最终还是生活臣服

母亲一生树敌不多，唯有花椒即赠予麻木生活的解药

又时刻提醒母亲不要忘了

花椒树下还有疼痛，有我童年的温暖

舌尖上那一点点爽滑的甜

再也尝不到了，一切都跟着母亲远走了

其中就有花椒树

它们拒绝生长，拒绝长出叶子

像一个孤独的老人

静静地站着，风来了摇摇头，落雪时顶着一头白发

2019 年 9 月 21 日

月光泉

月光落在发上，我明明看到了

如果你不翻找

在父亲仅存的日子中，你绝对找不到

月光的影子

多么让人无所适从的事物

光阴能给一个人

脸上贴金，也能指派月光割完

这个人所剩无几的稀发

先需要清洗

像擦拭人心那样小心翼翼地躲过缝合的补丁

生怕一不小心

再次开裂，即便是月光的银丝

也无法缝合

多么让人悲伤，星星盛满泉水忍着不溢

2019 年 9 月 24 日

狗娃花

秋分一过，漫山遍野的狗娃花

疯了似的长，长疯了

全然不顾早已落下的秋凉，摇着响铃

召唤天空中的翅膀

这些开着花的野草，都有深邃的眼眸，看透人世

与之会面，我看到了

自己的怯懦，深谷一向明事理辨是非

一簇狗娃花是一个春天

埋下的伏笔，或写给秋天的信

山水总是惊人地相似

换上花衣，等待秋刀割下一床棉絮

献出一身枯干的骨头

撑开大地与天空的距离，维系整个村子的喘息

2019 年 9 月 27 日

272

夕阳忍着不落

夕阳忍着不落，是在练习解封之法

自己掌握升、落，等待

驾着夜色归来的父亲，取下头顶的霞光

挂在西房墙上的草帽

是另一个月亮，需要小心对待，这脆薄的饼

轻触都是决堤的海

打开山门这些年，父亲一直忍着不倒

和最后一抹夕阳较劲

暮色堆满他的脸面，他强颜欢笑

暴雨来袭，他挥一挥手

都是轻飘飘的雪。正是因为他们相互约定过

先退下去的一方就是输了

为这，把自己放在人世的风雨中沥干最后一滴水分

2019 年 9 月 28 日

273

垦荒者

那几年，父亲在所有荒地里种上粮食

一块边角旮旯也不放过

最是土地知人善解，天老爷一滴雨不落

也能收个籽种回来

应付父亲落下的汗瓣，不亏本

这几年，所有父亲种过的地里

长满野草，一块边角旮旯都不放过

和秋天没有关系

白霜不是注重细节的事物

落下来薄厚也不均匀

野草替父亲顶起一头白发，守住门户

寒流就要下来了

人世深不可测，如果草不想长了，土地怎么办

2019 年 10 月 4 日

草从未跌倒过

倒下去也是躺在黄土上

立起来也不会

戳破天空，从来都不会颠覆王的认知

野草的本质在于消耗生命

不论是身临烈火

或顶开冰雪，都是在与时间争斗

或搭上一生修为

多少年，父亲都是这样自顾自走着

和一株草几乎没有分别

他知道组合的零件终究要散架

在一颠一簸中他努力拧紧每一个螺丝

他无法自己组装

他像草一样从来都没有跌倒过

最后都是倒在黄土上，或黄土里被草护着

2019 年 10 月 6 日

如此重雪

一场我没有见过的雪

落了三夜两天

每一片雪花都有千斤重

盖住一个人的一生

雪下面的温暖，是仅有的温暖

五十七年的岁月

只有雪花读得懂

只有雪花知晓，雪下面有永不熄灭的火种

雪化了会长出春天

为这一丁点希望，我头顶重雪，身背重雪

2019 年 10 月 25 日

给父亲理发

白的柔软，灰的刚硬，黑色的还有锋刃

小心地取下父亲的光阴，我像一柄弯刀，像一钩半月

更像一叶扁舟，在人世的潮水中挣扎

尽是父亲的牵挂

而我又在一寸一寸剃掉他仅存的日子

夕阳打照过来

我知道黑暗紧随着，我知道这一切终将会离开

2019 年 11 月 2 日

葡萄藤

盘起来，像一个霜杀过的人，蜷曲着

一根裸露的筋骨

等待冰雪覆盖，春天在枯干的枝条上

燃起嫩绿的火焰，这种时候

我总是不由自主地

扭头看看，蹲坐在屋檐下地台上的父亲

蜷缩着，像落满白霜的葡萄藤

我相信在春天面前，一定会伸直腰身，开花，挂果

2019 年 11 月 2 日

一只麻雀

麻雀轻轻地站在枝头

孤独的背影

像一个蹲坐着的老人，更像失了聪的四奶奶

此时，我刚好走过

它并没有飞起，像看见了一个异类

一双混浊的眼眸

目光在我脸上胡乱地撞，在我身上胡乱地扫

我们就这样站着

像站在村子脆薄的睡梦里，或一个人岁月的深处

2019 年 11 月 3 日

一地苞谷秸秆

一秆秆走到尽头的

卸下黄金铠衣

直挺挺躺在田里等着被收走的秸秆

我不敢看

提着镰刀的父亲

站在地埂上

我羞耻于不配做他的儿子

终有一日

一缕秋风会割倒这一株老苞谷

须子都白了

头上落满一层白霜

而我又无能

擦去雪花的痕迹，谁能告诉我，日子该怎么续接

2019 年 11 月 3 日

在苍茫的黄昏里

从来都目送着我们远走

仿佛我们这些熟透了的果实，还需要他亲自照看

从来都是他一生的追求

最亮的光始终都要给我们

可是白昼从来都不会眷顾一个老态尽显的人

日子奉了时光的旨意

取走他所剩无几的黑发，在苍茫的黄昏里

一切都是静止的

只有我们越走越远，仿佛黑夜是一块烫手的炭块

2019 年 11 月 3 日

舍不得一株麻的气味

霜杀过了，一株麻叶子开始黄起来，香气才会弥漫

父亲也是这样有了独特的香味

可惜，一株麻最后会变成黑色，应该是光阴

最后的色彩。我不敢奢望

但我的崇拜就是一只飞临村庄的小鸟

可惜，鸟儿的羽翅太脆

还禁不住暴风雨，我把你称为我的朋友

灵魂上的唯一的朋友

我的父。我舍不得一株麻的气味

我希望在你的疆场上

我是一匹垂头吃草的马驹儿，多少年，我还未长大

2019 年 11 月 4 日

镜中人

我不认识他

这种陌生前所未有，这人不可辨别

失色的眸光中

剩下尽是些痛苦、胆怯、懦弱、茫然

我无法触摸他的孤独

更无法接近

他的内心，他的家门一直紧锁着

绝望是他唯一的朋友

无人知道他所走过的路有多么崎岖

和黑暗之于他唯一的光明

风儿的剃刀也倦了，旅人的疲惫

只是人世不堪的一击

他的身后光，和眼前黑，是他一生虔诚的信仰

2019 年 11 月 4 日

像风一样来去

幸好还有不灭的灯

幸好还有一息尚存的父亲点着不灭的灯

幸好还有风自由来去

幸好我还能像风一样来去

幸好理智还在努力

幸好守住村子底线的野草一直都没有沉睡

幸好大门一直敞开着

幸好掌纹中还有贫穷遗留下的根梢

幸好神明的指示还在

幸好露珠还能够驮起太阳

幸好晨曦还需要眸光

幸好潜意识里的需要能够端起阳光

幸好还有神愿意接受我如此清贫的敬献

2019 年 11 月 5 日

雨露的仁慈

它们不会一直站在草尖上

为吸引更多阳光

心中的海倾泻而下，叶片才能尝到最温暖的甜美

它们不会停留在父亲的眉梢

为留住汗水的盐分

像阳光那么直白地倾其所有，澎湃涌动的

是一个人的心

在一滴雨露最后的时光中，看到了归来的车辇

2019 年 11 月 5 日

屈尊者

山，放下坚持已久的高度

草，坚决要把绵延之势用瘦弱的身子延续下去

雨水笑着不知所畏

那些归来的脚步

臣服于路。路从来都不会贪功

它们只是举着

像野草举着露珠，它们相信

这些驮着太阳，奔跑的水，一定会低到尘埃中

2019 年 11 月 5 日

月色如霜

月色落在地上，是上天的降赐

白花花的银子并不硌脚

阔大的夜空提着，也算一种慈悲，月色才那么轻

月色落在发上，是时光的必然

雪一样的事物却有玄铁一样的锋刃

比玄铁更凉

无际，无边的田野，月色如霜铺陈在冻土上

我的心如旷野一般苍茫

月下人影压在霜上，风吹不动，也是一种慈悲

2019 年 12 月 5 日

跋：这人世间仅存的药方，总能治愈点什么

1

在生活中病变，在诗歌中疗愈。

隐疾像一枚炸弹，埋在体内我不确定的角落。排爆成了日常，写诗是另一条出路。

若要在庞大的流水中，找到最接近星光的珍珠，势必要翻阅近万缕秋风，找出想要的叶子。

原本我是没有自信再出一本诗集的，虽然内心的确有这个想法，很久了，也是一种隐疾。

谁会为我诊脉，写下标本兼治的处方，医内疾，治外伤。看见向阳的草木，有了向上的信心。

获得信心比走蜀道更难。

触摸更高的天空是草木的天性。草木是灯盏，草木是方向，草木是向死而生，之后的春天。

草木举头向天，以为就是感恩。

六年来，出入丛林我恣意而为，草木从来只在春风中生长，只在秋风中枯黄。

如何草木一样活着？活成头顶天空，脚踩大地的草木，立在天地之间。

没有答案。非要说有的话，《触摸》为一种解释。

一切为清除体内终年不化的积雪。

2

为什么要看山？

不同的山上有不同的风景，可悦心情，可明心智，可见本性。

万物沿固定轨迹走过，没有谁能避免留下痕迹，留下的谁也无法擦去。

活着。即便是一只鸟，或一粒尘埃也不能做到没有痕迹，死去也一样。

所有的生长都有共性，拼命活着，然后去死。

在这样的大世界中，追求小境界是我唯一的选择，我不会为此祈祷。一切都如同一枚叶子落地，命运掌握在风手中，痕迹也留在风中。

我的偏爱，我的挣扎，我的无奈统统在诗歌中，痕迹也在诗歌中，为痕迹写诗并不可耻。如同记录下一株麦子从生到死的过程，在石头口中取出心上的慈悲，痕迹留在石头上。石头从来不会评价一株麦子。

一切都显得毫无意义，有人把名字刻在碑上，也不能永恒，这毫无意义的痕迹。有人一生什么都不会留下，到处都是生命的痕迹。

3

我想。

一条线索而已。生活中每一刻都离不开。

我想，行为词，后面可添加数不清的动作，或者结果。

空灵，哲理，抒情，离不开灵魂，而这一切都必须要建立在我想这个行为基础上。

解读一滴雨是危险的，你没有走过那么远的路。解读一场雨是致命的，你的想象永远跟不上突来的结果。

一切都是我想的结果，一切都是我想的过程。

一朵花落是轮回，一棵草枯也是轮回。

我想，春天并不只是催开花草那么简单，花草也不只是生命的再现。

我想，所有花草都是有灵魂的，独特又具体。

4

很多时候我们缺少一盏灯，特别是在黑夜里。

即使我这样习惯在黑夜里的人。

站在黑夜里的人，黑夜就是他的光明。我深有体会，在诗歌的路上行走，如同在大海上驾着小舟追逐光明，随时都有危险。

遥远夜空中最亮的星，救命稻草一样，值得感恩。

在生活中，伸出援手的哪怕是一棵小草，我都会记下它们，攒下多余的露水在大旱年解渴。

一报还一报。

事实上，活在人间，一切看似有用的，却是无为的。只有向上的草木，向下的流水守住了自然。

宇宙运行，离不开天地法则，能找到一点灯火当然是幸运的。

无光的时候，哪怕灰烬也是温暖的，有光的指引。

我喜欢在绝望中，正如我喜欢在黑暗中，看不到光才能读懂黑暗。

至于光，从来都在黑暗之后。

5

写跋文，像给一个人做总结。

死亡。

我们必须承认并且接受，这样的事实，没有谁能够躲过。

流水会枯，花儿会谢，叶子会落，没有永生的生命。欢喜也好，哀伤也罢，如此这般活着。

盛大的落日看上去是生命的结束。没有落就不会有升，日落就成了新生命的开始。

黑暗才能生出光明。

同样地，植物留根就会一直活下去。

蝼蚁一样的人只有一次机会，且无法修改，流水一样不可倒退。

即使这样，人还是不遗余力学习水的长处，若水，包容。

这也是我，活着的一种方式。

2023 年 11 月 30 日